21 世纪经典动漫系列教材

丛书主编　赵　前

U0095669

动画造型与设计艺术
（第二版）

秦明亮　编著

中国人民大学出版社

·北京·

编委会主任

吴长江　中国人民大学艺术学院名誉院长

委　员

周凤英　中国动画学会副主席

傅铁峥　中国电视艺术家协会卡通艺术委员会秘书长

郑晓华　中国人民大学艺术学院党委书记、副院长、教授

徐唯辛　中国人民大学艺术学院常务副院长、教授

赵　方　中国人民大学艺术学院副院长、教授

王英健　中国人民大学艺术学院副院长

曹小卉　北京电影学院动画艺术研究所副所长、一级导演

秦明亮　北京科学教育电影制片厂动画部副主任、一级导演

魏惠筠　北京城市学院艺术学部动画教研室主任、教授

李　宏　中国人民大学出版社　副编审

总　序

　　动画是集文学、电影、摄影、音乐、绘画为一体的一门综合艺术，也是目前发展非常迅速、令人瞩目的艺术教育学科。事实上，它自诞生之日起，便得到观众巨大的关爱。现在，动画片和相关产品的开发制作已经成为文化产业的重要方面，并且对社会生活产生着直接的、重要的影响。中国动画在20世纪中叶相当长的一段时间里，曾经有过值得自豪的历史，创造过具有鲜明民族特色且构思巧妙、趣味高雅、形象动人的优秀作品，被国际评论界誉为"中国学派"。近年来，动画的发展更受到全社会的重视，目前，国内建立起动画艺术专业的高校达170多所，学生数以万计，如何使教学计划内容保证基本理论和基本技能的掌握，如何汲取外国动画教学之长，同时发扬我国优秀的动画传统，摸索出有中国特色的人才培养方法，已是摆在众多美术院校面前的重大课题。

　　中国人民大学艺术学院自2000年开设动画专业以来，一直对于学科基础建设，特别是教材的编写给予特别关注。经过充分的酝酿和策划，确定了由《动画片场景设计与镜头运用》、《动画艺术概论》、《动画造型与设计艺术》、《原动画设计》、《逐格动画技法》组成的系列教材，作者均为具有丰富创作、教学经验的专家、教授。他们经过全面的回顾与总结，提出了具有我国特点的教学模式。通过对这些教学内容的学习，学生可以从艺术理念、创作方法、新技术的运用，直至动画片的具体制作与完成，对动画有全面、完整、清晰的了解，从而掌握动画专业学科必需的基础知识。

　　基于动画专业学科实用性强的特点和对创作的特别要求，这套图文并茂的教材还提供了大量中外著名影片、导演的范例。它不仅介绍了动画经典影片的制作过程，而且重点讲解了传统与现代动画片在各个创作、制作环节上的变化、发展以及需要注意的问题。因此，它也是我们为所有动画专业的爱好者和从业者提供的极好的参考材料。

　　让我们为中国动画繁花似锦时代的到来而共同努力。

全国政协委员
中国人民大学艺术学院教授　　　　　　徐庆平
博士生导师

前　言

从第一部动画片诞生至今已有百年历史。百年来，这门奇妙的视听艺术以其独特的表现形式、极富幻想色彩的故事情节、幽默风趣的语言对白、滑稽夸张的动作表演，深深吸引了广大观众。作品中那些个性特征鲜明、造型生动可爱的动画形象，伴随了一代又一代人的成长。随着时代的发展，动画艺术真正表现出其他任何艺术表现形式都不可替代的特殊性。

20世纪60年代前后，是中国美术动画片创作发展的高峰期。这一时期的作品，无论是在制作水平还是在民族艺术风格的探索上都取得了可喜的成果，其中许多作品至今仍让我们引以为自豪。

每当我们回忆一部优秀的动画片作品时，就会想到那些成功的动画形象。是他们演绎了那些梦幻般奇妙感人的故事，才使得作品如此深入人心。如果没有这些成功的动画形象，一部作品就无法完整地体现，也就不会产生广泛的影响和艺术感染力。

从20世纪80年代初期开始，随着大量动画片的引入，以及在市场经济大潮的推动下，培养动画人才、开发动画产业成为社会关注的话题。尤其是两个动画片生产大国美国和日本动画作品的大量涌入，"动漫"逐渐成为青少年追求的一种文化时尚，他们投身于其中，跟随时尚潮流，纷纷拿起画笔效仿其风格样式，在创作中追求个性的张扬。动画这门艺术能够引起众多人的关注并得到人们的喜爱，确实值得高兴。但一味地模仿，就会忽视自身的创造力，漠视民族文化的艺术魅力。

值得注意的是，随着科学技术的高速发展，许多设计者的设计越来越多地借助计算机操作来完成。由于社会对大众传媒的需求不断扩大，市场经济无形中改变了原本基于手工制造和物质产品的社会，使之向着基于服务或非物质产品的社会变化，且它的发展规模之大、速度之快超乎人们的想象。动画艺术家们的动手能力逐渐被计算机的综合功能所替代，模仿拼图式的动漫作品慢慢充斥整个商品社会，延续久远的手绘方式日趋式微，对此我们应当有清醒的认识。在现代科技高速发展、市场经济主导的商品社会中，往往会出现物的霸权，艺术家们的主动创作行为和创作能力被约束弱化，原本可借助使用的科技工具却成了人们创作行为的主导，艺术家们渐渐沦为技术的奴隶，其后果是非常可悲的。

成为一名动画艺术工作者，尤其是一名出色的动画造型设计者，不仅需要具有优异的模仿能力和娴熟的绘画技巧，更需要认真系统地学习专业知识和技能。为此，本书的编写力求循序渐进地讲解、阐述动画造型设计应具备的文化知识、艺术素养和造型绘画技巧，帮助读者在艺术创作中培养立体的多角度的思维方式，借鉴多元文化的精华，使想象力和创造力得到最大的发挥，通过艰苦的劳动，去体会创作的乐趣。同时也希望更多的人能因此感受到动画的魅力。

在编写过程中，难免会出现一些错误，真诚地希望大家批评指正。并借此向曾蓁女士、韩乐基先生、赵前先生及朋友崔荣、王伟、杨苗所提供的大力帮助表示深深的谢意。感谢秦悄然对本书插图的搜集整理。

作　者

2011年4月

目　录

第 1 章
美术电影与造型特征

　　凡视觉艺术都要造型。美术动画片是以绘画造型的艺术手法来表现形象的主体造型和空间造型。本章的学习目的是：通过学习，明确认识美术电影的特性以及不同艺术风格的表现形式，在学习实践中从不同的艺术门类获取创作灵感，丰富自己的艺术表现力。

什么是美术电影

美术电影是一门独立的综合视听艺术。其特征是具备高度的假定性，而不具备逼真性。

美术电影是一门奇妙的艺术，它充满了神秘色彩和幻想色彩，常常采用与现实生活的客观表象完全不同的方式演绎生活。

美术电影是叙事性艺术，它与文学作品一样把刻画和表现人物作为主要目的。

美术片是由电影定格摄影技术拍摄完成的。它是通过镜头拍摄以绘画、木偶、剪纸、折纸等艺术样式表现出来的一组连贯动作的影像。动作之间保持一定的位移或重绘其中的动作部分，以每秒24格（电视为25帧）的速度连续放映时，就会产生一种活动影像的视觉效果。（见图1—1、图1—2）

图1—1　美术动画片中人物的连续动作。

图1—2　美术动画片中动物的连续动作。

动画造型的特征

凡视觉艺术都要造型。

一部故事片的拍摄，无论是导演对作品的整体构思、创作意图，还是设计者在艺术风格上的追求，最终都要通过每一个具体造型得以视觉化、明确化。

故事片（包括一切剧作表演艺术）在选择角色时，要考虑其体型、外貌、气质等，寻求与剧中人物最大限度地接近与相似，因为这是关系到影片的人物刻画能否成功塑造典型形象的重要条件。

美术动画片（包括木偶片、剪纸片、折纸片等）是一种高度假定性的电影艺术。片中的人物，拟人化的动物、植物和生活道具的造型设计，如同故事片挑选演员，不过它的演员不是现实生活中的真人真物，而是以绘画造型的艺术手法来表现形象的主体造型和空间造型。艺术家通过丰富的生活经验和熟练的造型艺术技巧，充分运用夸张、神似、变形的手法，来表现角色的性格特征。并借助幻想、想象和象征，反映人们的生活、理想和愿望。那些生动有趣、个性鲜明的造型，以及大胆的夸张和具有象征性色彩的表演动作，都极大地加强了作品的艺术感染力。这也正是美术动画片的独特魅力所在和一直长盛不衰的原因。（见图1—3至图1—6）

图1—3　美术动画片中的人物造型。

图1—4　美术动画片中拟人化的动物造型。

图1—5　美术动画片中拟人化的植物造型。

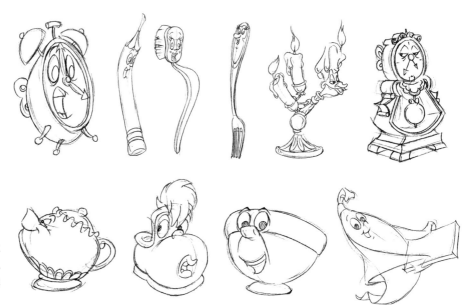

图1—6 美术
动画片中拟人
化的道具造
型。

不同的表现风格

不同题材的作品可以采用不同的绘画艺术风格。但造型夸张是美术动画片共有
的特征。如果将"卡通"(cartoon)一词理解为中文的"漫画",自然也就联想到了
"夸张"。从广义上讲,只要是夸张的,有特色、有个性地表现事物的绘画作品,都
是漫画作品。而一幅优秀的漫画作品,会带给我们许多的启发、想象和借鉴。(见
图1—7、图1—8)

图1—7 华君
武的漫画作品
《鲁智深》,寥
寥数笔勾画出
人物鲁莽、耿
直、无畏权
势、抱打不平
的性格特征。

图 1—8 张乐平的漫画作品《三毛流浪记》中的三毛，因其命运的坎坷，得到了人们的同情与怜爱。三毛的贫苦、淳朴、善良的性格特点，以及极具个性的形象特征，给人们留下了非常深刻的印象。

在人类社会中，漫画以其"讽刺与幽默"的教育、审美及娱乐功能发挥着抑恶扬善、针砭时弊的作用。多少年来，漫画受众广大、雅俗共赏、为人们喜闻乐见，画种虽小，却是其他绘画艺术形式无法望其项背的。一幅优秀的漫画作品，会带给我们表现样式的启发，内在寓意的想象和艺术技巧上的借鉴。美术动画片的造型风格较多地吸收了漫画的创作经验，通过电影制作技术（包括电视、网络），大大拓展了它的叙事空间、创作空间、表演空间和视觉空间。

如上海美术电影制片厂在 1962 年制作生产的美术动画片《没头脑和不高兴》就属漫画类造型。影片故事情节幽默滑稽、生动有趣，人物造型结构简练、概括夸张、性格鲜明、特征突出。一个马马虎虎丢三落四，一个别别扭扭总唱反调，两种性格均在造型形象上得以充分体现。（见图 1—9）

写实类动画人物造型，往往都是根据客观人物的原型适当地夸张变化而来。这在商业动画片以及电视动画连续剧中非常多见。写实类造型在表达人物情感方面更贴近人的自然欣赏习惯，有其自身的优势。

迪士尼公司历时三年制作生产的《白雪公主》获得了空前的成功，同时也确立了美国动画片在世界上的领先地位。如果把影片与格林童话原著作相比较，影片更为生动引人。此片在音响、画面、摄影等技术方面的突破比故事片要早，而且在商

图1—9 动画片《没头脑和不高兴》，上海美术电影制片厂1962年出品。

业上也取得了巨大的成功。片中天使般美丽的公主纯朴善良，简练流畅的线条勾勒出人物富有节奏感的外部形象，服饰设计充分体现了地域文化及时代特征。影片通过艺术家们熟练的绘画技巧，对人物动作的准确把握以及人物内心情感的细腻表现，塑造出一个完美立体的人物形象。影片表达了人类对于事物的完美追求。在通过影片得到视听享受的同时，我们不得不佩服艺术家们对这个经典童话故事主题的准确把握。通过对文字描述的解读，从中获得灵感，设计绘制出生动的表演形象。白雪公主不仅是因为她外表的可爱美丽，还由于她在作品中真实的表现性，而得到了广泛的认同。她的成功塑造，也奠定了这一类型人物造型艺术模式的形成。迪士尼后来创作的动画片，如《米奇与魔豆》、《仙履奇缘》、《爱丽丝梦游仙境》、《睡美人》、《小美人鱼》、《美女与野兽》等，片中女主人公基本延续和借鉴了白雪公主的造型表现手法和成功经验。

白雪公主与七个小矮人的造型形象成了当时最热门的商标。白雪公主的形象体现了人物勤劳淳朴、美丽善良、和蔼可亲的性格特征；更为成功的是片中的七个小矮人，在同一个造型模式中，巧妙地进行了局部变化和符号式的特征处理，加以各自性格化的表演，使其具有鲜明的个性特征，这一造型的艺术处理手法，至今仍有学习和借鉴意义。它们均属写实类造型。（见图1—10）

写意类动画造型经常出现在具有鲜明的个性特征、艺术色彩强烈、富有哲理内

图1—10 《白雪公主》，迪士尼 1937—1939年出品。

涵的动画片中。这类造型有时隐含在画面运动的过程中；有时是象形的，带有符号特征，多有象征性、随意性。

上海美术电影制片厂 1984 年制作生产的《三十六个字》就是一部写意抽象类的动画片。该片 36 个中文字，如日、月、云、雨、山、水、鸟、象等，编写了一段人与自然生动有趣的故事。片中的父亲通过 36 个活动的象形文字，让孩子了解和认识了中国文字的起源。(见图 1—11)

图 1—11　《三十六个字》，上海美术电影制片厂 1984 年出品。

装饰类动画造型与写实类造型并没有质的差别，同样具有形象性特征。它一般是对物象作平面化处理，用变形、变式、变色的手法对物象做大胆的修饰。这类造型充满了想象，具有简练、淳朴、含蓄、浪漫、夸张的艺术特点和唯美的艺术倾向。

上海美术电影制片厂 1978 年制作生产的《狐狸打猎人》是一部讽刺喜剧片。片中的人物造型就采用了装饰性的表现手法。片中的中年猎人胆小、愚蠢、笨拙；老猎人勇敢、豪放；狐狸阴险、奸诈；狼贪婪、残忍。艺术家韩美林在设计人物造型时，注重用变形的手法，极大地夸张最有本质意义的部分，运用"脸谱化"、"性格化"的造型手段，加之对色彩的巧妙运用，使造型形象得以高度凝练、集中。(见图 1—12)

在美术动画片中，有些作品造型的艺术风格不是十分明确。在写实的造型上会出现明显的装饰纹样和色彩，在装饰造型中也会看到呈现三维空间的形体结构。但无论选择哪一种创作风格，都要在尊重剧中所提供的人物特征的基础上，遵循创作规律，使造型典型化，达到最为理想的视觉效果。

图1—12 《狐狸打猎人》，上海美术电影制片厂 1978 年出品。

作业练习

1. 简述美术片造型设计中写实、写意、装饰的理论概念。

2. 进行人物写生的线描练习。

3. 将一幅人物线描分别改变为符合动画造型要求的写实、写意、装饰三种不同的风格类型。

第 2 章
戏曲艺术与美术片造型

动画造型形象设计既是一个艺术创作的过程，又是一个借鉴吸收的过程。本章延续第1章的内容，旨在使读者进一步了解民族传统艺术的魅力，充分认识创作实践中艺术的个性与共性，以改变在动画专业学习过程中单一性的认识。

世界上所有戏剧艺术的一切特征都是由表演艺术的特征派生出来的。中国的戏曲艺术和西方的戏剧艺术在表现方式以及审美的效果上各具特色。西方戏剧的特长是写实性、表现性，而中国戏曲的特长是虚拟性和表演性。

舞台人物形象的装扮设计（外形），神态的概括、夸张以及色彩表现的巧妙运用，都对整个剧情的表现和深化有着非常重要的作用。

西方戏剧在人物造型和舞台表演上强调模仿和真实，中国戏曲则强调本色，在人物造型上使每一个舞台人物成为某一种类型的代表。这种定型化的造型手法比西方戏剧的人物塑造更具确定性和可操作性，堪称人物造型类型化、脸谱化的典范。这种对角色的定型，能够把人物鲜明的性格特征显露无遗，给观众留下深刻的印象和独立的审美意味。

中国戏曲的种类很多。虽然各种戏曲成熟的时间和过程不同，却都带有明显的中国特色和地方特色。它们将生活中的现象和人物的内在心理通过戏曲中的人物造型进行了高度的概括和夸张，体现出了绝妙的象征美和意象美。尤其是戏曲中的人物面部彩绘，通过区域形式的组合，借以表达人物的身份性格特征，达到了似是而非、以形写神的艺术高度。

在中国众多的戏曲种类中，京剧代表了中国戏曲文化的整体水平。京剧艺术具有强大的表现力，虽然是一种戏曲，却呈现出综合艺术的特点。其表现手法具有虚拟化、程式化的特点。在人物造型上，既有类型化的程式规范，又有鲜明的个性表露，内涵丰富，令人看过之后感觉余味不尽。

传统戏曲舞台造型艺术与动画造型

从舞台美学的角度看，传统的戏曲舞台造型堪称奇美绝伦。细心品味，不禁令人拍手称奇。尤其是面部化妆艺术——脸谱，奇妙得不可思议。脸谱造型非俗非雅、亦俗亦雅、造型独特、花饰奇巧、内涵丰富。脸谱的运用大多是因戏而异，或一人一谱，或一人多谱，或多人共谱。既能与眉清目秀、千人一面的生、旦造型相映生辉，又可以满目净丑、主次搭配，构成趣味横生的"一堂"。

脸谱与中国民间传统的美术及书法有着密切的依存关系。民间美术中常见的花、鸟、鱼、虫等动植物形态，以及风、云、雷、电等自然现象，在脸谱中常能见到。京剧艺术中的生、旦、净、丑四大类型的角色造型，给美术片人物造型设计提供了丰富多彩的表现样式和创作资源。（见图2—1至图2—3）

上海美术电影制片厂1956年制作的《骄傲的将军》，在探索中国民族风格和表现形式上是一次大胆的尝试。"敲喜剧风格之门，闯民族形式之路"是当时提出的口号。它的成功不仅在于它是中国美术片发展史上第一部以刻画人物为故事主题的动画作品，在造型表现风格上，它也在吸收借鉴民族传统艺术元素方面积累了宝贵的经验。片中将军造型的外部形状与性格特征的巧妙结合，使人物的鲁莽、傲气、自负、愚钝都得以充分体现。（见图2—4）

图 2—1 京剧《百寿图》中的北斗星君。勾紫膛三块瓦脸，额面勾七点北斗星座，以紫膛衬托金星，色彩华丽夸张。选自《脸谱钩奇》，作者：傅学斌。

图 2—2 京剧《落马湖》中的李佩。粗眉阔目，鼻梁直挺，化妆大胆洒脱，似中国书画的大写意，表现出人物形象的雄壮剽悍，一派寨主威仪，具有十分夸张的视觉效果。选自《脸谱钩奇》，作者：傅学斌。

图 2—3 京剧《连环套》中的贺天龙。勾紫膛三块瓦脸，因其并非恶人，勾单眼角，使其不露恶相，同时表示此人的武艺不过一般，只是虚张声势。选自《脸谱钩奇》，作者：傅学斌。

图 2—4 《骄傲的将军》，上海美术电影制片厂 1956 年出品。片中将军的造型设计，是吸收借鉴民族传统艺术元素的成功范例之一。通过与京剧脸谱的比对，不难看出，人物面部大胆夸张的处理手法，体现出京剧舞台表演面部化妆的程式化效果。将军的外形体态给人以雄壮并带有膨胀的感觉，服饰设计给人以威武并带有傲慢的感觉，面部特征和形体动态突出了自负的人物性格。鲁莽、傲气、自负、愚钝，在这个人物造型上都很好地体现了出来。

上海美术电影制片厂1961—1964年制作的《大闹天宫》中的重要造型之一孙悟空，就借鉴了京剧表演艺术中脸谱化的造型风格。其头部由上大下小两个圆形组成，显出高额头、凹眉心、凸鼻子和稍稍凸起的人中线的主体感，充分表现出人物的精明与智慧。一对火眼金睛显露出正义感和叛逆性，矫健灵巧的身躯给人一种神通广大、上天入地、无所不能的感觉。造型的夸张与变形的样式中具有人与猴子的属性特征，为施展动画艺术的特殊表现形式提供了良好的基础。（见图2—5至图2—9）

图2—5　昆曲《安天会》中的孙悟空。红脸缘略似桃形，两边粉红眼圈中细笔勾画传神凤眼和微曲的细眉，四周白底勾画茸毛，充分显露出猴王的神采，属意象性脸谱。选自《脸谱钩奇》，作者：傅学斌。

图2—6　昆曲《安天会》中的齐天大圣。脸部白边做衬，勾红心形脸缘，向下画黑色鼻窝，粉底眼窝勾画凤眼，俊俏精灵，神采飞扬，属象形性脸谱。选自《脸谱钩奇》，作者：傅学斌。

图2—7　昆曲《安天会》中的美猴王。形象特别，脸上红心上凸下窄，形似橄榄。双眼白圈，上厚下窄，向内相逗，表现出孙悟空的精明、灵巧、机警，属象形性脸谱。选自《脸谱钩奇》，作者：傅学斌。

图2—8　京剧《芭蕉扇》中的孙悟空。面部红心倒挂石榴形，金色佛手形眼圈，额处勾画一枝带叶的桃子，属趣味性脸谱。选自《脸谱钩奇》，作者：傅学斌。

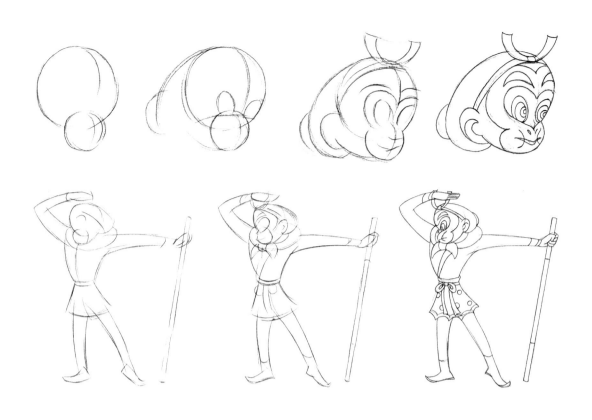

图2—9　《大闹天宫》，上海美术电影制片厂1961—
1964年出品。这是一部享誉世界的经典之作。民族风
格在片中人物设计上的充分体现堪称完美。中国古典
名著《西游记》中那个富有传奇色彩，在民间广为流
传的孙悟空，第一次以完整的人格化的形象展现在世
人面前。孙悟空的形象设计与早前带有工业化时代色
彩的米老鼠，和同时出现的带有科技时代色彩的阿童
木相比较，更富有民族性、文学性和艺术性。孙悟空
在造型设计的夸张与变形的表现手法上，将人与猴子
的本质特征巧妙地融为一体。造型结构设计舒展流畅，
脸谱化的面部特征给人留下了难忘的印象。在充分表
现出人物大胆、任性、叛逆、顽皮的性格特征的同时，
造型本身还具有明显的动感。这为施展动画艺术的特
殊表演样式提供了良好的基础。

剪纸、皮影艺术与动画造型

　　中国皮影已有近千余年的发展历程。皮影戏也称为"幕后戏"或"手影戏"，
属于一种民间艺术。在我国，影人造型的种类非常多，有东北影、兰州影、江浙羊

皮影、山西纸窗影、陕西牛皮影、河北驴皮影等。在工艺造型的制作上以镂空为主，辅以染色。色以红、黄、蓝三色为主，虚实相关，疏密相间，可以表现出文、武、老、幼、忠、奸、美、丑等各种人物的完整形象。

作为民间艺术的皮影艺术，以其独具的形式和表演方式显现其特点。皮影戏是中国农村千百年来的传统娱乐形式，它的内容与形式充分反映了民间风俗的各种事象，是一种最富感染力的乡土艺术。

在皮影人物的造型上，艺人们既考虑到体形的美，也结合寓意、夸张和趣味。与戏曲脸谱不同的是，它不受脸型的限制，也不受身体实际比例的限制，尤其是头部侧面造型充分体现了我国古代对立体多角度透视原理的创造发挥。

皮影人物造型是影戏表演艺术的主体。它的形体结构颇具巧思，完全打破了透视原理，既不讲"三度"空间，也不讲焦点透视，而是吸取中国传统绘画的"散点透视"加以变化。皮影造型将复杂立体的自然物象的不同角度、空间体积综合在一个平面之中，巧妙地构成了造型平面装饰的艺术形式美。（见图2—10至图2—12）

说起皮影艺术，不能不提到另外一种广为流传的民间艺术——剪纸。

剪纸在我国有着悠久的历史，由南到北，从东到西，只要你稍加留意到处都可以看到它的影子。剪纸是因广大百姓为了满足自身的生活需要而广为流传的一种民间艺术形式，它体现了人类最基本的审美观和精神品质，具有中国本土的艺术特色和浓郁的生活情趣。两千余年来，普通百姓在纸上不知剪刻了多少俊美花样。人们凭借自己的聪明才智和长期的生活实践，形成了以剪刻、镂空为主的多种技法，使

图2—10　山西省晋南地区皮影戏传统剧目《拾玉镯》中的人物造型。选自《中国民间美术全集》。

图 2—11　影戏传统剧目《武家坡》中的薛平贵与王宝钏。选自《中国民间美术全集》。

图 2—12　影戏传统剧目《火焰山》中的孙悟空与牛魔王。选自《中国民间美术全集》。

剪纸的表现力有着无限的深度和广度。

　　中国民间剪纸，从造型上看，不是中国的线形体系，而是主观意象的造像观；从色彩来说，也并非传统中常见的固有色，而是主观产生的意象色；从表现时空观念上看，也不是中国传统绘画中的散点透视，而是主观意象的多点透视。在大量的民间剪纸中，最常见的是二维的平面空间，也有三维的立体空间和存在于作者本人想象中的，时空连续的四维空间以及自己心中的五维心理时空。剪纸是人们用眼睛和心灵观察生活、记忆形象、想象形象的一种观念造型艺术。（见图2—13至图2—15）

　　皮影与民间剪纸在使用材料上有所不同，但同属二维平面的装饰风格。它独特的造型形式、制作工艺、表现手法都极大地启发了美术剪纸片的创作灵感。

　　上海美术电影制片厂1963年制作的《金色的海螺》，充分借鉴和吸收了皮影戏和民间剪纸等传统艺术。它以平面雕镂手法作为人物造型的主要表现样式，采用皮影戏装配关节以操作人物动作，制成平面关节纸偶。（见图2—16）

图2—13　剪纸《抓髻娃娃》，作者：高如兰。　　　　图2—14　剪纸《收工》，作者：朱光莲。

图2—15　剪纸《端午节》，作者：白凤莲。

图 2—16 《金色的海螺》，上海美术电影制片厂 1963 年出品。

木偶戏与动画造型

　　木偶戏在全世界几乎都流行，中国的木偶戏源远流长，是非常富有民族特色的剧种之一。木偶是戏曲表演的道具，又是富有浓郁地方特色的民间美术品，根据表演方式，可分为杖头木偶、布袋木偶和提线木偶等。

　　杖头木偶是以木杖操纵动作的木偶。其头部用木料或泥塑制成。头的内部为空心，眼睛和下颌分别装配，可活动。在颈部下面接一节木棒或竹竿，两只无臂的手掌各装有一根操纵杆。表演时，一手举杖，一手掌握操纵杆，边演边唱。

　　布袋木偶又叫指头木偶，因其身似布袋而得名。表演时，将手掌套进木偶的布袋内，食指伸进木偶头内，大拇指与其他三指分指掌控木偶的左右手，演员凭借手指、手掌和手腕的活动使木偶模拟出剧情需要的各种动作。

　　提线木偶的表演动作，完全靠拨弄操纵板上的线来完成。在木偶的头、身、腰、腿、手、脚、眼、嘴等关节处均系上细线，并集中串在操纵板上，使木偶悬吊起来进行表演。一般悬吊木偶的线少则十几根，多则 30 来根，故又名"线吊戏"。

　　广泛流行于民间的木偶戏表演历史悠久，其造型朴实粗犷，带有浓郁的乡土气息和地方色彩。它身上融合了泥塑、灯彩、剪纸等民间艺术。传统的木偶造型多模拟中国戏曲中的人物造型，如生、旦、净、丑等各种角色，但采用比戏曲更为概括、更为集中的方法来表现。它为美术木偶片提供了丰富的创作资源和表现经验。（见

图 2—17 至图 2—19)

为了适合电影拍摄的要求，艺术家们改进了制作工艺，借用舞台木偶技术，创造出"关节木偶"（用银丝或金属关节器连接躯干和四肢制成的木偶）。这种木偶既能表演柔软细腻的动作，又可以表演力度和动作幅度较大的动作，解决了操作上的许多技术难题，是美术木偶片经常使用的一种艺术表现形式。

上海美术电影制片厂 1988 年创作的《阿凡提的故事》，充分吸收借鉴了民间木偶艺术的造型样式和表演风格。阿凡提是一个具有独特性格的人物，他常常装出傻

图 2—17 杖头木偶《小放牛》中的牧童与村姑。选自《中国民间美术全集》。

图 2—18 布袋木偶《西游记》中的孙悟空、猪八戒、沙和尚、唐僧。选自《中国民间美术全集》。

图 2—19 提线木偶造型：关羽、刘备、张飞。选自《中国民间美术全集》。

乎乎的样子，干一些看上去愚不可及的"傻"事。主人公的传奇色彩、语言风格、故事结构、矛盾冲突，确定了影片的喜剧风格。人物造型采用漫画式的夸张手法，用狭长的头型、香肠鼻子、黑豆眼、尖胡子，以突出阿凡提的幽默与智慧。巴依则采用刺猬眼、蒜头鼻、大嘴巴、缺牙齿、扇风耳，以表现人物的贪婪、狡猾、阴险和愚蠢的性格特征。（见图2—20—1至图2—20—3）

木偶戏与皮影戏是十分相近的姐妹艺术，表演手法有许多相同之处，其中最大不同之处是造型的表现形式，木偶是三维立体的，而皮影是二维平面的。木偶片的造型设计大量吸收了民间木偶戏中的人物立体造型的创作手法，注重结构组合与外形特征的巧妙结合，突出人物形体语言的表演功能。在科技高速发展的今天，计算机技术的普及应用，极大地扩展了人偶造型艺术的表现空间和丰富多彩的视觉样式。即便如此，木偶戏这门带有淳朴气息的民族艺术，因其独特的魅力，仍然值得我们去不断挖掘和探索。

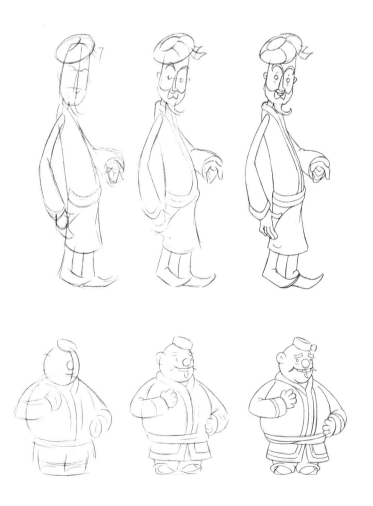

图2—20—1 片中人物阿凡提采用了漫画式的夸张手法：狭长的头型，五官布局随意自然，外部形状简练精灵；香肠鼻子、黑豆眼、尖胡子，加上富有民族风格和地域特色的服饰，准确表现出了人物幽默与富有智慧的性格特征。

图2—20—2 片中另外一个人物巴依的造型设计，从外部形状上与阿凡提形成了强烈的对比。肥胖的身体显得臃肿蠢笨；刺猬眼、蒜头鼻、大嘴巴、粗粗的眉毛以及两撮胡子，这些点、块集中在大圆脸形的中间位置，生动地塑造出人物的贪婪、狡猾、阴险、吝啬和愚钝，左右两只扇风耳增加了人物的滑稽可笑。

图 2—20—3
《阿凡提的
故事》，上
海美术电影
制片厂1988
年出品。阿
凡提和巴依
这两个主要
人物的成功
塑造，增强
了该片的喜
剧效果，最
终获得了成
功。

作业练习

1.将一幅呈现三维立体特点的素描头像转变为二维平面民间剪纸的表现样式。

2.根据人物头像的线描写生，勾画出头像的不同角度。

3.根据不同角度的头像线描，尝试雕塑出其立体形态。

第3章
民族风格与时代特征

　　判断一个国家的美术电影是否趋向成熟，标准之一就是看其作品中是否包含着更多本民族的文化元素、艺术趣味且适应本民族的欣赏习惯。本章的学习目的是：更多地了解不同国家、民族在美术电影中表现出的不同艺术风格，同时也注意到不同时代的美学思想和社会文化价值观在不同时期作品中的体现，以便在创作实践中注意把握时代的特征。

中国是一个有着悠久历史的文明古国，也是世界上唯一没有中断过传统文化的国家。中国的文化博大精深，历经千载，给我们留下了极其丰厚的文化遗产，为美术电影这门外来艺术的创作与发展提供了一份得天独厚的宝贵财富，同时也为"民族化"提供了极其丰富的表现内容和形式。

美术片与民族风格

与许多艺术形式一样，看一个国家的美术电影是否趋向成熟，其中的一个重要方面，就是看作品中是不是更多包含着本民族的文化元素、艺术趣味且适应民族的欣赏习惯，也就是这个民族在其漫长的艺术发展道路上，是否已逐渐形成对客观对象的表现形式认知的美学原则。东西方的美学体系既有共同的规律，也有各自不同的特色，它们之间的区别主要表现在艺术对主客观之间关系的处理上。西方的美学原则是对客观对象更加偏重于如实"模仿"，运用艺术的形式具体、真实地再现客观对象，追求作品中的艺术形象近似生活的自然形态，也就是"形"似。中国的传统美学思想并不一味强调对客观对象的模拟，在艺术与客体之间的关系处理上，更多地侧重于艺术家主观精神的体现、情感的表达、意趣的抒发。在艺术的表现方法上要求更加凝练、集中、概括。在塑造艺术形象的创作中，不以逼真的外在形似取胜，而更加注重对客观对象的精神实质的把握，也就是"神"似。因此，作品就必然带有很多的假定性因素。我国民间文学作品中的许多传奇故事或传奇式的典型形象，往往都具有假定性因素。许多作品中的艺术形象充分体现出艺术家的主观精神和意趣。

凡艺术作品，必定不是自然的模仿，而是一种创造。由此说来，只具备假定性而不具备逼真性的美术片与中国的传统美学思想是最容易结合的。因为美术片中的人物都是假定性的。假定程度越大的艺术形象，越是高度概括了某一性格或某一行为，越具有真实感。虽然东西方的美学思想有所不同，前者侧重客观对象的表现、抒情、言志，后者侧重客观对象的再现、模仿、写真，但不能否认在世界艺术的宝库中，这两大美学体系可谓珠联璧合、相映生辉。

1963年上海美术电影制片厂出品的水墨动画片《牧笛》，是继获得巨大成功的《小蝌蚪找妈妈》之后，又一部采用相同艺术表现形式，以描写人物与大自然为主题的作品。影片充分体现了我国传统的"写意抒情"的美学思想。艺术家们成功借鉴了画家李可染的绘画风格及造型手法，将其笔下的牧童与水牛作为片中的主角，中国人物山水画诗一般的意境在影片中表现得淋漓尽致，使人看后得到美的享受。影片的成功，再次引起世人对水墨动画独特的表现形式的极大关注。这部影片在人物造型风格、场景艺术设计以及镜头画面空间和运动透视空间所造成的视觉感染力等方面，都呈现出深厚的中国文化意味。作品所传达的美学思想给我们的启示意义深远。（见图3—1—1至图3—1—3）

图 3—1—1 《暮韵图》，李可染 1965 年作。画作表现牧归途中，牧童坐在大树的丫杈间悠闲吹箫。老水牛安详伏地歇息，似乎正在倾听主人的吹奏，作品充满了乡村情调与牧童怡趣，画面在干湿浓淡中生动再现了暮色将至的情景。

图 3—1—2 《梅花开时天下春》，李可染 1987 年作。画作中梅树枝干以枯笔信手而成，层次分明苍劲有力，如群龙狂舞。作品中色与墨的变化蕴涵无尽韵味。牧童观梅自得其乐，呈现出作者将文人画的意趣与乡村风情融合而产生的独特魅力。

图 3—1—3 《牧笛》，上海美术电影制片厂 1963 年出品。水墨动画片是我国独创的动画艺术表现样式。

从广义上讲，艺术创作的基本规律无论古今中外都是一致的。就美术片而言，作品的艺术风格和表现手法彼此有诸多的不同，但在塑造人物上却有基本的共同点——创造典型环境中的典型性格。（见图3—2—1至图3—5）

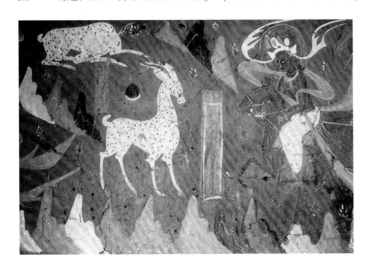

图3—2—1　敦煌壁画原貌。

图3—2—2　《九色鹿》，上海美术电影制片厂1981出品。该片吸收借鉴了敦煌壁画艺术的表现形式。

图 3—3—1 《斧钺五子武门神》。以苏州桃花坞站立之武门神最为典型。身穿铠甲，背插靠旗的门神正面站里。白脸为善相、赭色脸作威武之相，画面套色以红、绿、蓝、黄、紫为主，色调斑斓，和谐秀雅。手工写意染绘脸部，粗笔重墨勾画眼睛，神态十足、个性鲜明。门神下方姿态各异的五个幼童增添了喜庆气息。

图 3—3—2 《骑马鞭锏》，此为河南门神中的代表作品。门神中的秦琼与尉迟恭作骑马奔驰状。秦琼为花红脸，尉迟恭为黑花脸，二人一手扬鞭，一手执鞭或锏。胯下分坐黄膘马和乌骓马，顶盔贯甲袍袖飘动，精神抖擞，气势轩昂，马与人物的造型极富装饰意趣。

图3—3—3 《除夕的故事》，采用了中国传统民间年画和民间剪纸的造型样式和表现风格。上海美术电影制片厂1984年出品。

图3—4 《好猫咪咪》，以山东民间木版年画为蓝本，具有传统的民间绘画风格。上海美术电影制片厂1979年出品。

图3—5 《宝莲灯》，取材于中国传统经典故事"沉香劈山救母"。采用中国传统人物画的造型风格及脸谱化性格特征的表现手法。形象舒展大气，体现了时尚的审美取向。上海美术电影制片厂1999年出品。

美国、日本动画造型的艺术风格

任何艺术都有其发展过程，美术片也是如此。就人物造型的艺术风格，不难看出其发展变化的痕迹。这些作品的表现形式反映出不同时期的文化和审美取向。（见图3—6）

两个美术片生产大国——美国与日本，无论是其作品的产量及水平，作品构思

图3—6　这是一组哪吒的造型形象。通过比较，可以看出不同时期的表现风格。一个形象的演变过程，传递出不同时期的审美取向和地域文化信息。形象的演变往往从单纯、繁复、规范、简化再到单纯，这是一个升华的过程，近似于人类社会的发展过程。不同时期一种造型风格的流行与确立，会体现出那个时代的特征。一个好的造型艺术家不会忽视其中最有价值的文化内涵，而后赋予它新的时代元素。

及表现形式，还是商业运作及后期开发，民族特征及时代特征，都是值得借鉴和学习的。我们不妨分别就这两个国家不同时期作品中人物造型风格的表现手法展开分析，从中认识其艺术魅力、美学思想、民族形式以及变化趋势。

《白雪公主》的创作成功确立了美国动画片的发展方向。片中生动有趣的人物造型及表现手法影响至今。尤其是"糊涂"、"瞌睡"、"喷嚏"、"害羞"、"开心"、"博大"及"粗鲁"的七个小矮人形象，塑造得极为成功。（见图3—7）

《木偶奇遇记》是迪士尼公司作品中制作最完美的动画片之一，片中的音乐及歌曲创作得极为成功。其造型风格延续了《白雪公主》的艺术样式，流畅柔美的线条，夸张又不失严谨的外部形状和性格特征，在作品中得到完美统一。（见图3—8）

在动画片《小熊维尼历险记》中，拟人化的动物造型形象新颖、可爱、夸张、简练且极具个性特征。在延续迪士尼一贯艺术风格的表现手法上，更加强调外部形状的节奏变化，突出属性特征，圆滑、挺实、饱满的线条令人感受到自由的活力。（见图3—9）

图 3—7 《白雪公主》，迪士尼 1937 年出品。

图 3—8 《木偶奇遇记》，迪士尼 1940 年出品。

图 3—9 《小熊维尼历险记》，迪士尼1977年出品。

《幻想曲》是迪士尼公司出品的第一部使用立体音响的动画片，其艺术风格、色彩设计、创作构思、表现手法都达到了其他任何一门单独艺术样式无法比拟的完美交融的境界，也是当时迪士尼对动画电影的理想的体现。（见图3—10）如果将本片与第一部IMAX（超大屏幕）动画片《幻想2000》加以比较，可以看到在新增的片段中，造型风格已有很大的变化，具有明显的时代特征。

《石中剑》是迪士尼公司拍摄的第18部经典动画影片，在造型表现手法上有别于之前的作品。它更注重人物造型结构和外部形体的夸张性、趣味性。形象五官的大胆设计，外部形状的形式化表现，尤其是男主角瓦特的个性特征，塑造得十分成功。（见图3—11）

《小美人鱼》是迪士尼动画王国进入第二个黄金时代的代表性作品。其造型风格有了很大的变化，漫画式的极为夸张的外部特征，独特的性格刻画，突出、挺实、

图 3—10 《幻想曲》，迪士尼1940年出品。　　　图 3—11 《石中剑》，迪士尼1963年出品。

饱满的结构体积给人耳目一新的感觉，且富有弹性和力量。小美人鱼爱丽尔是迪士尼动画片中第一位具有现代个性的代表形象。（见图 3—12）

《美女与野兽》是第一部与流行音乐结合，并被改编为音乐剧的动画片，也是

图 3—12　《小美人鱼》，迪士尼 1989 年出品。

首先运用三维立体电脑特效成功营造画面视觉空间的动画片。其造型手法更加成熟，舒展大气的线条、特征鲜明的人物个性、幽默夸张的外部形状，充分体现了艺术家们的想象力，同时也表现出强烈的时代特征。（见图 3—13）

《埃及王子》历时四年制作而成，画面的视觉效果以及人物的造型风格，都给人一种耳目一新的感觉。这是一部用现代的艺术语言讲述西方世界中有史以来最伟大的故事的作品，令人回味无穷。（见图 3—14）

同年由迪士尼出品的《花木兰》，以及后来的《风中奇缘》、《泰山》、《黄金国之路》等，在造型风格上都没有明显的区别。事实上，这种风格似乎成为一种文化时尚。

《变身国王》的造型风格采用漫画式的夸张手法，富有较强的装饰效果，性格特征更具脸谱化特点。（见图 3—15）之后的《失落的帝国》、《小马王》、《星银岛》、《泰山与珍妮》、《星空宝贝》等影片的造型风格基本没有大的变化。

经过长期的探索和努力，美国动画片渐渐形成了自己的艺术风格。在人物造型的表现手法上力求形象优美、设计规范、细节刻画精致、局部大胆夸张、性格特征鲜明、形象舒展大气动感十足，做到了雅俗共赏。人们熟知和喜爱的动画明星，许多都出自美国的动画片。

图 3—13 《美女与野兽》，迪士尼 1991 年出品。

图 3—14 《埃及王子》，梦工厂 1998 年出品。

图 3—15 《变身国王》，迪士尼 2000 年出品。

日本动画的造型风格基本上趋于写实，这也顺应了大多数人的欣赏习惯。随着科技的发达和国民经济的持续繁荣，为迎合市场需求，其动画作品格式化的操作模式日趋成熟，商业味道越来越浓。日本动画片以人物造型夸张的五官设计以及极其丰富的局部色彩，树立了它在世界动画片中独有的符号式特征。

《太阳王子》是根据爱奴优嘎拉的《奥其格格和恶魔之子》及深尺一夫的玩偶剧《其三太阳》改编的作品。人物造型风格属于写实手法。片中主角希德的形象及性格的成功塑造，成为日本动画史上划时代的象征。（见图3—16）

《风之谷》一片为导演宫崎骏赢得了卓绝的名声。剧中独特的世界观以及人性价值观深刻地影响了其后十余年日本动画的走向。片中女主角娜乌西卡的形象塑造，充分体现了人物与众不同的浪漫气质和不畏艰险的勇气。（见图3—17）

在宫崎骏以后的作品，如《天空之城》、《龙猫》、《魔女宅急便》中，造型风格均以写实为主，采用相对简练的造型手法，示意性的明暗分界，表现较为含蓄压

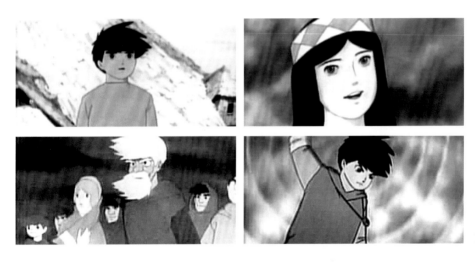

图3—16 《太阳王子》，东映1968年出品。

图3—17 《风之谷》，吉卜力1984年出品。

抑的性格特征，充分展示了主人公的内心世界。

　　被认为是宫崎骏"自传式"作品的动画片《红猪》，在人物造型的表现手法上更加成熟。外部形状的结构特征，在写实的基础上更加大胆地夸张和外向化。脸部的适度拉长、夸大的双眼、细部的深入刻画、丰富稳重的色彩、极具装饰性的高光形状以及注重结构的明暗划分，都大大加强了视觉画面的美感。应该说，这部作品是宫崎骏动画艺术风格的完美体现。（见图3—18）在此之后的《幽灵公主》、《千与千寻》中，人物造型风格表现得更为明显。

　　《再见萤火虫》与《龙猫》是在1988年同时上映的两部动画片。如果说《龙猫》带给观众的是童年时都有过的对大自然的美好向往，那么《再见萤火虫》则是一部让人流泪的作品。片中主角哥哥诚田与妹妹节子的形象塑造，集中体现了当时日本动画的写实风格。人物的纯真、质朴和对生命的渴望，通过传统典型的面部特征和一双夸张的大眼睛，表现得淋漓尽致。（见图3—19）

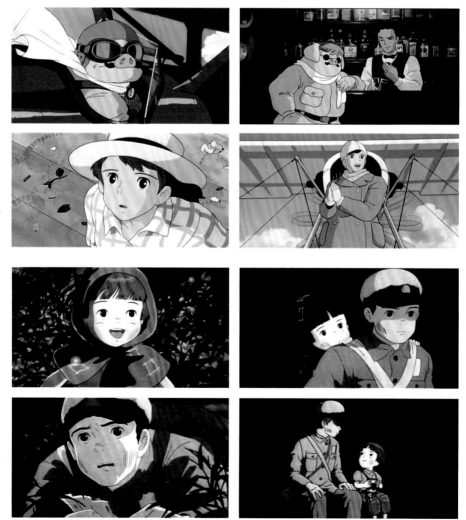

图3—18　《红猪》，吉卜力1992年出品。

图3—19　《再见萤火虫》，东映1988年出品。

1991 年出品的《老人 Z》是一部有善意嘲讽意味的黑色幽默体裁的动画片。其在造型表现手法上带有很强的漫画色彩。人物性格特征夸张外露，人物表演大胆幽默，具有很强的时代特征。与此相隔一年之后出品的《曾兵卫忍风贴》则是一部卡通版的时代剧，全片凄美、妖艳。具有日本民族特色的各种风情事物、艺术形式以及忍术都在其中有所展现。人物造型表现出欧化的特征，线条富有弹性和张力，个性特征外露张扬，外部形状豪放夸张，在日本反映武士题材作品的造型风格中，具有很强的代表性。（见图 3—20、图 3—21）

《灌篮高手》上映后，风靡了整个青少年群体。片中人物造型形象幽默、性格夸张，采用了漫画式的表现手法和素描式的装饰线条。一个个富有个性、真实、充满朝气的人物，如热情不拘的樱木、随意和冷漠的流川、带有叛逆性格的宫城、坚强倔强的赤木等都极具时代特征。（见图 3—22）

另外值得一提的是政冈宪三的《森林的妖精》、《海滩物语》两部作品，它们被称为日本动画史上空前的杰作。手冢治虫的《大都会》、《铁臂阿童木》、《丛林大帝》等，也都是具有日本民族风格的作品。如果将以上作品与近些年出品的日本动画主流作品比较，可以看出造型风格的变化和不同时期的表现特征。

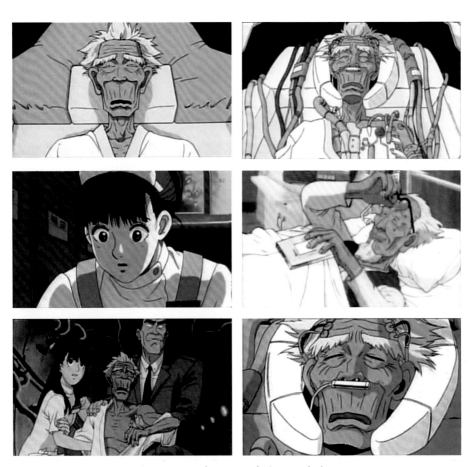

图 3—20　《老人 Z》，东映 1991 年出品。

图3—21 《曾兵卫忍风贴》，东映 1993 年出品。

图3—22 《灌篮高手》，东映 1994 年出品。

日本动画的另一表现流派，即科幻题材的造型风格更为典型，且影响也是非常大的。其形象塑造非常富有想象力，具有很强的科技时代的特征以及视觉画面的形式美和装饰美。

早期动画片中的人物造型，由于东西方文化的差异、不同审美取向以及外貌特征的区别而不同，但人物视觉样式都比较淳朴自然。写实的造型手法，漫画式的结构夸张，脸谱化的性格表现，代表了那个时代的美学思想和社会文化价值观。时代的进步与发展，科学技术的飞速发展，计算机技术以及电视传媒的普及应用，都大大推动了动画艺术产业的发展。如今的动画片在造型视觉样式的表现手法上，装饰痕迹越发明显，结构特征不加任何掩饰地突出，线条的伸展挺实，外部形状的尽力夸张似乎成为动画艺术家们共同表现的风格。对此，我们还不能对这种文化趋同的现象作出某种结论，但我们知道，只有民族的，才是世界的。（见图3—23、图3—24）

作业练习

1. 论述中国美术片中造型在民族传统艺术中的借鉴与体现。
2. 在同一造型形象中体现不同的时代特征。
3. 在同一造型形象中体现不同的地域风格。

图3—23　《小鸡快跑》，梦工厂2000年出品。这是一部完美、轻松、自信的电影，制作历时八年。造型采用泥偶的表现样式，大胆夸张、滑稽可爱。片中的黏土鸡以实际比例制作了近400只。该片充分体现了鸡的属性特征和拟人化的性格特征，界于幻想与真实之间的作品风格别具特色。

图 3—24 《海底总动员》，迪士尼/皮克斯2003 年出品。影片带给人一种美妙的视觉享受。关爱和友谊、自由和选择、勇气和成长构成了影片主题。造型风格新颖、夸张、有趣、可爱，非常富有时代感。加之成熟完美的科技手段和流畅的画面语言，极具感染力。

第 4 章
想象·形·色彩

美术电影是一门综合艺术，它需要多方面的知识与修养。同时它又是一门奇特的艺术，需要想象。本章的学习目的是：通过文字讲解与图片示例，让学生在日常的学习生活中，有意识地培养提高自己的艺术想象力和艺术创造力。

艺术家在再现自然时毫无疑问需要丰富的想象力。一部好的美术片作品、一个成功的动画形象的创造，除了取决于题材样式、主题思想、风格类型等因素外，离不开艺术家的想象。所谓想象，就是为事物创造某种形象的活动，就是为一个旧的内容发现一种新的形式。

在我们的生活环境中，常会看到不同形状和色彩组成的式样，当你把它看成表现某种内容的"形象"的时候，就会产生"艺术创造"或"艺术想象"的问题，艺术家正是凭借这种天赋创造出了形象。艺术创作的过程是艰苦的，也是美妙的；是冲动的，也是抑制的。艺术家渴望追求完美，大众希望得到视觉享受和惊奇感，而这一目标的最终实现，都离不开创造者的想象力。

人们通常把艺术想象力解释为创造一种新颖题材的能力。也就是说，艺术想象力仅仅表现在创造一种过去从未存在过的情景或事物。这种解释并不准确，应该说艺术想象力的表现就是为一个旧的内容创造和发现一种新的形式。那么，想象就是为一个旧的主题发掘出新的概念的行为。只有通过丰富的艺术想象力创造出来的这个新的事物和新的情景有助于解释一个旧的主题时，它才是真正有价值的。（见图4—1）

图4—1 根据莎士比亚名剧《哈姆雷特》改编的动画片《狮子王》，是一个典型的以新的形式、情景解释旧的主题的成功范例。片中的主角辛巴是"荣耀王国"中最受注目的新生儿，也是"荣耀王国"未来的国王。辛巴的造型设计成功地将顽皮、好奇、勇敢、自信的性格特征充分体现出来，也是该片取得巨大成功的重要因素之一。

丰富的艺术想象力，并不产生于那种总想提供一点所谓的新鲜玩意，对旧的主题做一番新的包装的欲望，而是来自那种要让旧的内容重新复活的动力。正是面对那些最普通的对象和大众最为熟知的故事时，艺术想象力才能最明显地表现出来。

　　形象是由人创造出来的。在这方面，儿童所显示出来的富有创造性的想象力常常令我们这些成人甚至是艺术家们十分惊讶。他们的画面中表现的题材内容都是最简单的。儿童把自己看到的人物不加任何修饰地直接画在纸上，每一个人物形象都独具特色，表面看上去毫无创作技巧可言，但当你静下来认真仔细地分析，就会发现它们不但耐人寻味，而且都严格符合人体的基本视觉概念。儿童的画作证明了儿童身上潜藏着的丰富的想象力。（见图4—2至图4—5）

　　儿童的发展是从单纯、幼稚，所有事物在他们看来都是同等的无区别的阶段开始的。这一点在我们的日常生活里足以验证。当一名儿童看到纸上出现的视觉形象时，会不假思索地将某件与它大不相同的现实自然物联系在一起。究其原因，这个视觉形象与某一种自然物有着相同的或者近似的结构特征（见图4—6）。同时，想

图4—2　《乘公共汽车》，选自《世界儿童画选》。

图4—3　《挤牛奶》，选自《世界儿童画选》。

图4—4　《晾衣服》，选自《世界儿童画选》。

图4—5　《看医生》，选自《世界儿童画选》。

图4—6 具有
相同局部特征
的物品。

象力也是不可缺少的。在多数情况下，对象本身只能提供较少的结构特征，因此就
需要"想象"。要想让我们创造出的艺术形象令人印象深刻，感动人的心灵，首先要
把握再现对象的本来属性，肯定它的内在本质和表现特征，而不是歪曲和否定，以
至于让人感到要表现这样的题材就非要这样的形象才自然完美。在艺术创作中，只
有对一个题材尝试各种不同的造型风格和表现样式并反复进行比较时，我们才能真
正体会出想象力的作用。

一个成功的艺术造型要经过反复推敲不断修改的具体化过程，每一个阶段都必
须有想象力起作用。原原本本地将现实对象复制出来是一种模仿，而视觉形象永远

不是对感性材料的机械复制，应该是对现实的一种创造性的把握。由此得到的形象是一个新的，个性鲜明的，含有丰富的想象性、创造性和敏锐性的美的形象。以下是四个特征鲜明的造型案例。（见图4—7至图4—10）

图4—7 《大闹天宫》中，大胆、任性、叛逆、顽皮的孙悟空，是动画形象设计的成功之作。

图4—8 迪士尼出品的《小飞象》中的造型。长着一双蓝眼睛，拥有一对大耳朵、心胸宽广、不畏艰难的小飞象，体现了艺术家的巧妙构思和丰富的想象力。

图4—9 一只经常出没在办公室里顽皮的老鼠，触发了沃尔特·迪士尼的创作灵感，于是一个聪明、快活、天真、淘气、喜欢搞蛋但心地善良而勇敢的老鼠"米奇"出现在世人面前。拟人化的形体特征，两只夸张且富有装饰性的大圆耳朵和长圆的眼睛，加上突出的鼻头以及幽默滑稽的表演，给观众带来了快乐。

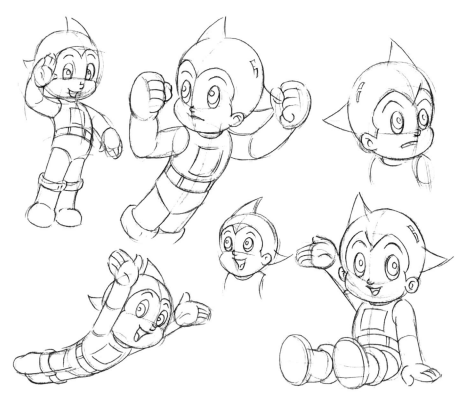

图4—10 手冢治虫的《铁臂阿童木》问世时，正是米老鼠走红的年代。从阿童木的造型形象中，可以看到不少米老鼠的痕迹，脑袋上用头发做出的两只角，光着膀子的上身，只穿一条裤衩。米老鼠采用夸张式的漫画表现手法，而阿童木更像是装饰手法很强的符号式造型。另外不同的是阿童木带有科技时代特征。

内部结构与表现形式

在自然界中几乎所有物体的内部都隐含着一个结构骨架，平时总被特有的表面形状掩盖着，不易显示出来。人凭着知觉识别出某两件物体之间的相似性，并不是对两件物体细小部分的比较，而是因其本质及特征的一致。这一点对我们从事造型艺术的人来说是非常重要的。（见图4—11）

前面说到知觉，也就是"知觉概念"，那么就不能不谈"再现概念"。知觉概念是指对自然物体一般结构性质的把握，再现概念是指某种形式概念。形象的艺术创

图4—11 概括
简化的"人"、
"鱼"、"牛"、
"狗"。

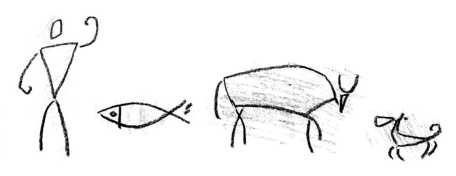

造就是通过这种形式概念在某种艺术表现样式中让结构再现出来。能否把握物体结构性质并形成再现概念，是艺术家和艺术爱好者的区别标志。

　　肯定自然对象的物质属性，把握它的内部结构，逐步简化规范它的形状，抓取它的特征，以上的每一个阶段都需要知觉因素。一切知觉中都包含着思维，一切观察中都包含着创造。在不断调整和提炼的过程中要始终保持直觉。在现实生活中，艺术家与普通人相比，不同之处还表现在艺术家不仅能够在实践中得到丰富的创作经验，而且有能力通过某种艺术形式去捕捉和体现这些经验的本质和意义。（见图4—12—1、图4—12—2）

图4—12—1　江南水乡建筑实景。选自《摄影之友》，宋春光摄。

图4—12—2　吴冠中作品《江南屋》。画面表现了江南农村的诗情画意。在挥洒自如、酣畅淋漓的笔墨中，体现了和谐的秩序和审美的激情。

色彩的信息传达

　　世界上的万物因为有了光才有了颜色。一切视觉都是由亮度和色彩产生的，而界定形状的轮廓线，是在区分不同的亮度和色彩区域时推导出来的。形状在传递消息和记忆上是很有效的，它可以帮助人们识别和判断物体，但在传达情感上却不如色彩理想。形状可以产生出大量的、相互不同的式样，例如每个人的面孔、不同的手印指纹、中国的汉字书法等。因为它们千差万别，我们很容易识别，而颜色相对要困难得多。可在情感作用方面，恐怕任何确定的形状对颜色也望尘莫及，例如冬天的白雪、落日的余晖、蓝天大海。（见图4—13至图4—18）

图4—13 毕加索画作《花之女》，创作于1946年。一个腰身很细，有一双大大的蓝眼睛，头戴一条绿色头巾，容貌秀美，聪慧机警，名叫弗朗索瓦丝·吉洛的少女，深深迷住了正在餐馆与朋友进餐的毕加索。对他来说，弗朗索瓦丝·吉洛是个奇迹。她是一个太阳般的女人，浓密的头发好比盛开的花瓣，窈窕的身材犹如花朵细长的脖颈，让毕加索的心中油然升起创作热情和对爱的渴望。

图4—14 汉字在书法家的笔下显现出独特的艺术魅力。

图4—15 指纹图形中传递的信息。

图4—16 冬天给人寒冷的知觉印象，作品中的环境色彩却显露出一种轻柔的感觉，宁静而安详。

图 4—17 落日中的余晖让人有一种回家的感
觉。温暖的色调传递出留恋的情感。

图 4—18 蓝天大海让人心旷神怡，它的变幻
莫测和它的神秘扩展了人们的想象空间。

　　在造型设计中，形状表现人物的形体特征，色彩可以加强人物的性格特征。同
样的形状，不同的色彩，会引起人们的情感波动。同样的色彩，不同的形状，会吸
引人们的注意力。因此，了解和使用好色彩是非常必要和非常重要的。（见图4—
19—1 至图 4—20—2）

　　儿童对东西的选择偏好，首先是带有强烈视觉感染力的色彩，形状则是靠后
的。随着年龄的增长以及逐渐受到教育的熏陶和实践的训练，形状慢慢地成为他们
识别物体的基础。对于色彩，我们常常表现出被动性和根据以往的经验做出的直接

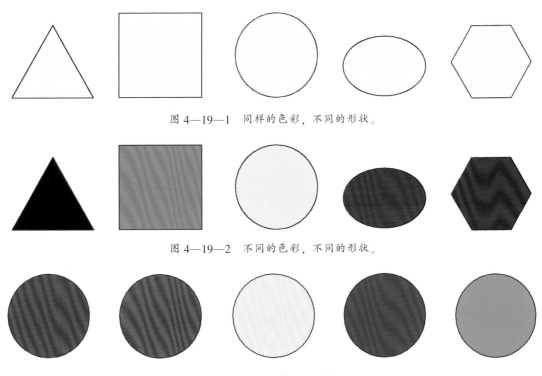

图 4—19—1 同样的色彩，不同的形状。

图 4—19—2 不同的色彩，不同的形状。

图 4—20—1 不同的色彩，同样的形状。

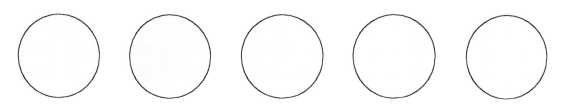

图 4—20—2　同样的色彩，同样的形状。

性反应，而对形状的知觉则是积极的控制。鲜艳的色彩可以刺激人的视觉，可以使物体更加引人注目，但并不能使物体成为经得住审视的美的对象。相反，人们会因为对美的形状的需要而抑制色彩。因为有了美丽的形状，色彩才变得华贵高雅。

艺术是时代的产物，它和许多别的事物一样，都是为了满足人们的需要，为大众的生活提供愉悦。优秀的艺术作品还会给人以历史感受、宗教感受和审美感受。但这些感受的获得并不完全归因于艺术家的创造力，因为艺术也来源于生活。（见图 4—21 至图 4—23）

科学技术的发展推动了人类文明的进步。社会和文化形态的迅速变动，使人们

图 4—21　宗教是人类精神信仰的形式。敦煌壁画就是把人间的生活素材，通过想象注入佛教主题。在作品中，那些体态丰满、半裸的飞天和幻化的形象，以及中国式的飘带和"曹衣出水"式的服饰、高发髻、挺鼻梁、袒肩露背的造型，体现了东方特有的意象审美情感。

图4—22 东汉《陶捂耳俑》。东汉陶俑的制作者煞费苦心地删减了许多无关大体的衣饰细节，以极其简化的手法，表现了人物体态动作上的外部特征和特有的心理内涵。

图4—23 中国水城农民画《跳花》。农民画家以自身特有的审美理念去观察世界，无拘无束地步入艺术境界，其作品具有鲜明的民族特色和地方特色。作者：杨学明。

在艺术创作中越来越重视领会和模仿，把技巧的掌握和使用看得比创造力更为重要，把理智地、非常有素养地解决创作中的问题看得比个人灵感的体现和自由探究的能力更为重要。其结果是作品失去了鲜明的个性和原本的自然魅力，取而代之的是平庸、无味和雷同。

作业练习

1. 进行人物、动物的动态速写训练。

2. 对速写进行清稿，并勾画出内部的骨架结构。

3. 进行人物、动物的动态默写。

4. 对默写稿进行清稿和结构简化整理。

5. 任意勾画一个基本二维圆形，在此基础上增加最简约的线条，使之成为独立完整的造型形象。

第 5 章
文学性与形象体现

电影从文学中汲取的养料和叙事经验，远比从其他艺术中得到的多。本章的学习目的是：让学生认识到影片的文学性和文学价值是美术电影艺术创作的一个非常重要的因素。培养在阅读文学剧本时去体会和想象，并通过文字、语言、声音感悟视觉形象的能力。

电影作为一门综合艺术，与文学的关系越来越密切。不可否认，电影从文学中汲取的养料和叙事经验，远比从其他艺术中得到的多。电影艺术的不断成熟，得益于那些具有文学性和文学价值的电影剧本。

美术电影与文学

电影的文学性从广义上讲，包含了抒情性、叙事性和戏剧性。其文学价值则体现在主题思想的开掘，典型人物的塑造，情节的典型性，完整的叙事结构，性格鲜明的人物对话上。但是电影是一门综合艺术，文学价值不是评定电影艺术水平的唯一标准，还应看到作品的美学价值或审美价值。

美术电影的文学性是其艺术性的一个重要组成部分。提高影片的文学性和文学价值，是美术电影艺术创作规律的一个重要因素。美术电影的文学性和文学价值反映在作者在作品中所要表达的主题思想是否鲜明集中、是否准确深刻、是否具有社会意义上。

电影文学与叙事文学、抒情文学、戏剧文学等传统文学样式不同，它是以一种独特的视听思维来构思写作，并用文字表述和描绘未来影片内容的一种文学样式。电影文学作品有着独特的美学特征，这些特征由电影视听艺术的本性所决定。作品中对于环境事物的描述，应该是可见的、运动的。故事情节的发展、细节的描绘、矛盾冲突、人物的性格和命运都可以通过电影的表现手段展现在银幕上，让观众自行获得。电影对文学的综合，是以自身为主体加以吸收的。只有经过再创作，才能最终体现为视觉形象。

在电影发展的早期，因为各种因素的制约，完全将文学作品中描写的情景事物视觉化，存在着许多难以克服的障碍。今天，电影艺术借助先进的科技手段再现文学作品中的情景事物，相对要容易得多。而美术片从一开始就显得比较轻松自如。这不仅仅是因为其表现手法的特殊性（以绘画或其他造型艺术形式作为人物造型和环境空间造型的主要表现手段，不追求故事片的逼真性特点），还因为它可以运用夸张、神似、变形的手法，将梦幻与神奇、理想与愿望、想象与象征变为视听的"真实"情景。

文学形象的真实体现

长期以来，美术片在创作题材的选择上大多是以下几种。喜剧题材：以完整的喜剧性构思，创造喜剧性的人物及环境背景，通过颂扬美好的事物或理想，讽刺嘲笑落后的现象，如《阿凡提》、《三个和尚》。童话题材：以童话故事为内容，通过幻想创造情景和形象。作品具有鲜明的象征性和寓意性，如《卖火柴的小女孩》、《雪孩子》、《白雪公主》。神话故事：以神话故事或传说为题材，通过虚幻、离奇或非人间的故事情节反映人类社会生活。这类题材常具有原产生地区鲜明的民族生活特色，如《大闹天空》、《哪吒闹海》、《宝莲灯》。科幻题材：以科学幻想为内容，从已知的科学原理和科学成就出发，对未来世界或遥远的过去的情景作幻想式的描述，如《铁臂阿童木》、《变形金刚》。随着时代的发展和大众文化需求的增加，尤其是电视动画片的快速发展，出现了许多与故事片电视连续剧结构特征相似的，反映现实生活题材和历史题材的写实风格美术片作品(具有鲜明的时代特色和民族特色，具有生动的人物形象、引人入胜的情节、独特的绘画风格和完整的表现形式，反映生活的真实面貌，给观众以思想启迪和美的享受)。在这些影视作品中，艺术家尽其所能地再现真实。写实的声音、写实的环境、写实的人物、写实的行为动作……但无论怎样，还是"真实"的"模仿"。

《草原英雄小姐妹》拍摄于1965年，是一部比较成功的反映现代题材的写实性的美术动画片。剧本创作主要源于玛拉沁夫写的关于龙梅与玉荣的报告文学。从题材本身看，它并非完全适合动画艺术的表现形式，有一定的局限性。艺术家们避免走入僵化写实的死路，在电影视听艺术的表现形式中，运用各种手段，在情节安排、矛盾冲突、人物性格、细节描写以及环境气氛等方面，进行了深入挖掘，以"灯光"、"玉荣掉进雪坑"、"玉荣救羊失靴"、"玉荣追赶羊群"、"玉荣负伤"、"龙梅背玉荣追赶失散的羊群"几段比较感人的情节构成全剧发展的主线，塑造了典型环境中的典型人物，以及具有崇高品德的人物性格特征，大大加强了影片的艺术感染力。(见图5—1)

《草原英雄小姐妹》在中国美术动画片的发展过程中，具有一定的特殊性。特殊的时代社会背景，造就了具有时代特色的影片。对此我们暂且不做更多的评论，但这部影片提出了这样一个问题：如何把写实题材、正剧风格与擅长表现幽默、趣味、夸张的美术片做到完美统一。这一问题至今仍然值得思考和探究。

夸张、幽默、趣味是美术片的风格体现，它之所以长期为大众接受和喜爱，就是因为它的独特性和特殊性。失去了个性也就失去了魅力，失去了它的存在空间。有人将美术电影比喻为"魔术电影"、"梦幻电影"是不无道理的。但这并不是说美术电影不需要真实。我们需要幻想，生活中不能没有幻想，但幻想离不开现实生活的基础。童话、神话和一切幻想作品都具有真实性，问题在于如何正确地反映生活的真实。

艺术真实不等于生活真实。神话、童话、幻想的真实性和现实意义，并不在于它所反映的人物和事件在其外部形式上是否真实，重要的在于它所反映的思想内容和塑造的人物性格是否真实。这才是体现神话、童话和一切幻想作品真实性的核心。艺术在大众中之所以有着极高的声誉，就在于它能够帮助人类认识外部世界和自身，它在人类的视觉面前呈现出来的东西，能够让大众理解或相信是真实的。任何一件事物都是一种独特的个体，虽然我们从来就找不到两件完全相同的东西，但任何事物都是可以认识的，因为任何一件事物个体的组成成分，都包含着许多事物

图 5—1　《草原英雄小姐妹》，上海美术电影制片厂 1965 年出品。

和全部事物的特征。这就是"独特性"和"普遍性"。通过各种不同事物的相互比较，使其具有代表性的成分集中到创作主体中，那么这个主体就更具独特性、普遍性和真实性。

《冰冻星球》于 2000 年由 20 世纪福克斯公司出品。这是一部科幻题材的动画片，根据琼·俄科斯特、基思·文顿的原创故事改编。作品本身不具有很高的文学价值，却有很强的故事性。影片向人们展现了地球的毁灭与重建，呈现出未来科幻世界的质感。整个宇宙色彩缤纷，星团云集，给观众以神奇绚丽的视觉享受。银河系中星体的大爆炸，具有惊心动魄的震撼力和视觉冲击力。本片向人们再一次证明了动画电影的独特魅力与不可取代性。

影片中的人物造型、场景设计以及物体表现的视觉效果，都具有很强的科幻色彩，充分体现了艺术家丰富的想象力。(见图 5—2)

《雪孩子》于 1980 年由上海美术电影制片厂出品。这是一部童话题材的动画短片，描写雪孩子舍己救人的故事。情节看似很简单，如表现雪孩子如何帮助小松鼠，救活冻僵的翠鸟，但作品的主要情节处理十分巧妙、出人意料。雪孩子冲进火里把小白兔救出，这一违反常规的表现手法，充分体现了作品的文学内涵和社会价值。水火本不相容，而故事突出了雪孩子的崇高品德。影片结尾，雪孩子受热化为水蒸气，升上空中。此时观众的敬佩和惋惜之情交融在一起，意境颇高。

片中雪孩子的造型形象，简练、可爱、夸张、富有童趣，与文学形象十分贴切。体现了文学与艺术的完美结合。（见图5—3）

图5—2　《冰冻星球》，20世纪福克斯公司2000年出品。

图5—3　《雪孩子》，上海美术电影制片厂1980年出品。

在美术片的艺术创作过程中，美术造型设计者是把电影文学剧本中描述的环境、事物变成可视形象的第一人。而导演是一部影片的艺术结构、主题思想的阐释者，同时又担负着创作过程的协调和统一。与故事片导演不同的是，美术片导演必须懂得绘画艺术。也就是说，他首先是导演，其次也是画家。当然，一个从事绘画艺术的人，未必能"天然地"成为一部美术片的导演。他们设计创作的造型应当是导演对影片整体设想的体现。

一名美术师在着手进行造型设计前，首先要认真阅读文学剧本，而不是只对人物情景描写部分一般性过目。要了解全剧的主题思想、人物性格特征、故事的叙述方法和构成形式，以及时代环境特征。这些综合因素有助于塑造出一个符合导演的设想和剧情内容的需要，性格特征鲜明的典型的形象。

《哪吒闹海》于1979年由上海美术电影制片厂出品。影片取材于中国古典神话《封神演义》。片中的哪吒为了全城百姓的安危，挺身而出，悲愤自刎。艺术家们紧紧抓住"闹海"这个主题，保留了神话中由闹海引起的矛盾冲突及有关情节，以哪吒和龙王之间的冲突为主线，去掉了宣扬因果报应，有迷信色彩的还魂托梦、魂灵显灵等内容，设计了"出世"、"闹海"、"自刎"、"再生"、"复仇"五段大戏，确定了"正义定能战胜邪恶"的影片主题。

《哪吒闹海》带有悲剧色彩，同时又有很重的抒情色彩。艺术家们将活泼和凝重这两个不同的侧面很好地统一于正剧的结构形式之中。从人物造型到背景音乐、对白方式，都吸收借用了京剧表演艺术的形式，使作品具有鲜明的民族风格。

美术家张仃担任了片中主要人物的造型设计。他参考吸收了中国传统门神画、壁画的创作素材，采用装饰绘画风格，以简练的线条和民间绘画色彩的表现手法，塑造出具有民族风格，又有鲜明个性特征的人物形象。应当说，《哪吒闹海》的人物造型，在作品的主题发挥和影片完美的视觉表现方面，起到了非常重要的作用。（见图5—4）

阅读文学剧本对一个造型艺术家来说，是一个体会和想象的过程。许多时候，我们只能通过文学的描述或解释、理解和经验把人物的大体轮廓勾画出来。然后运用形和色等要素，在众多的画稿中猎取那些具有普遍意义，又有个性象征的部分，不断进行提炼加工，最终得以完成艺术造型。

语言·声音·形象

文学剧本中的人物语言并不是我们的感觉同现实接触的通路。然而对于描述和解释视觉对象，语言是能起到辅助作用的媒介。将文学剧本中人物的言语从口中富有表情地模仿出来，在反复体验的过程中，会不断加深对剧中人物的性格特征及内心世界的了解。每一次体验就是一次"形象判断"，这种判断并不是在体验之后理智地作出的，它是与模仿体验同时发生的。

在现实生活中，人的声音具有表达逻辑思维的功能。言语的音调、音色、力度、

图5—4 《哪吒闹海》，上海美术电影制片厂1979年出品。

节奏等因素，能体现出人物的情感、性格、气质等形象方面的特征。声音形象既有具体的可感性，又有概括性。声音可以产生强烈的感染力和形象感。人与人之间面对面的交谈是情感交流的主要方式，当你利用通信工具与对方异地交谈时，就会加重语气，理由很简单，目的是要通过声音的物理因素、时空因素、生理因素、心理因素创造声音形象，让对方感觉到人物的真实存在。

当一个人的声音传达到你的听觉器官时，你会不由自主地想象他（她）是什么相貌，应该是什么相貌（判断）。当你的视觉被一个人所吸引时，你会想象他（她）的声音会是什么样的，应该是什么样的（判断）。如果想象和实际产生了距离，你就会感到失望和遗憾。如果判断与实际一致，就会感到兴奋和满足。用言语和声音去想象判断形象，用形象去体现声音，这是一种值得尝试的造型方法。当然，在电影中，音响、音效、音乐、动效都起着不可忽视的作用。

美术片《三个和尚》就充分采用了视觉形象和电影语言来传达影片的思想。

这是一部讽刺喜剧式的18分钟的动画短片。它具有鲜明的民族风格，并借鉴了中国戏曲艺术的表演形式，通过虚构的故事内容，说明了一个深湛的哲理，导演并没有图解式地、平铺直叙地简单表现剧情，而是对作品结构加以调整，将"挑水"、"念经"作为表现主体，把带有讽刺含意的谚语——一个和尚挑水吃，两个和尚抬水吃，三个和尚没水吃——反其意而用之，化消极为积极，改贬为褒。影片告诉人们，只要人心齐，就能办好事。

影片采用了漫画式的造型风格。美术设计师韩羽以其特有的绘画风格，简练、准确、形象地将三个和尚的相貌特征以及性格特征充分地表现出来。三个和尚的造型形象，是中国动画片中不可多得的成功之作。（见图5—5）

片中的人物没有对白，完全通过动作、形象、表情和电影蒙太奇来体现。片中的声音效果起到了非常重要的作用。三个木鱼，三种不同的音调、音色，充分体现了人物的性格特征。较快的节奏，富有穿透力和漂浮感的木鱼声，表现了小和尚的聪明机灵；节奏平稳但有些迟缓的木鱼声，表现了高和尚的迟钝固执；节奏波动，音调张扬的木鱼声，表现了胖和尚的急躁粗暴。而音域狭窄的木鱼声准确表现了三个和尚自私的共性。

在《大闹天空》中，京剧念白的表演风格，语调的抑扬顿挫，语言的清晰伶俐将孙悟空顽强不屈、活泼风趣的一面淋漓尽致地表现出来。

美术片造型设计的好与坏，是关系到影片成功与否的关键性因素。人物形象（包括所有被赋予生命的事物）在影视中是一种视觉形象元素，声音形象也是直观的、直感的、可闻的。采用什么样的绘画风格和式样并不是任意的，因为它并不是

图5—5 《三个和尚》，上海美术电影制片厂1980年出品。

一种由形和色彩组成的纯形式，而是某一种观念的准确解释和体现。形式服从内容，内容决定形式。但在实际创作中，有时问题并不那么简单，在有些情况下，形式又往往反作用于内容，好的形式能深化它的内容，而不好的形式会削弱它的内容。但不管是借助人物，还是借用其他任何形式，都要努力使之典型化，这才是我们的目的。

迪士尼公司 1996 年出品的《钟楼怪人》改编自法国文豪雨果的名著《巴黎圣母院》。（见图 5—6）这部名著曾先后七次被搬上银幕，而迪士尼公司以动画的艺术表现形式对其进行重新诠释，是一次极大胆的举动。

影片在原著的基础上，做了许多情节上的改动，包括人物设定和影片结局。片中的卡西莫多是一个外形丑陋却有着质朴善良心灵的敲钟人；艾斯美拉达是一个美丽、善良、不畏权势的吉卜赛少女；富罗洛则是邪恶和凶残的巴黎宗教法院院长。影片对这些主要人物形象的塑造十分成功。无论有多少丑恶、悲伤、不公平，世界仍将充满了爱与欢乐，是影片的主题。影片让人们从一种新的艺术表现形式中，去欣赏这部世界名著的伟大之处。

影片场景气势恢弘，计算机技术在片中发挥了至关重要的作用。广场上万人攒

图 5—6　《钟楼怪人》，迪士尼 1996 年出品。

动的场景，愚人节满天飞舞的纸花，远景中威严壮观的巴黎圣母院，卡西莫多的大钟以及华丽无比的彩绘玻璃，都与手绘景物结合得极为完美，令人叹为观止。

作业练习

1. 将一部文学作品中所描述的人物形象，通过绘画形式表现出来。通过进一步的细致整理，使其造型、形象具有鲜明的性格特征和时代特征。

2. 通过不同的声音体会，创作出相符的造型形象。

3. 尝试给美术片中的人物配音，进一步体会和把握塑造人物个性化特征。

第6章
表现性与特征的把握

形状和色彩是知觉式样本身固有的性质，任何事物的外部表现性在人的知觉活动中都占有优先地位。本章的学习目的是：认识一切事物的表现性是造型创作非常重要的媒介之一，不可忽视对表现性的反应能力，应当把表现性作为设计人和事物外部特征的基准。要善于观察生活并从中获取有益的经验。

表现性

"表现"一词，从狭义上讲，是指透过某人的外貌和行为，把握这个人的内在情感、思想和动机。这些信息可能通过人的面部表情、身体姿态和各种手势体现出来，也可能在人的衣着打扮、生活环境的布置方式、言语谈吐以及对周围事物的喜好中表现出来。

《伊凡雷帝》是苏联阿拉木图中央联合制片厂出品的影片。影片通过对伊凡雷帝的形象及其矛盾心理的塑造，揭示了人物的象征意义。无论是形象的外部特征、性格特征，还是细部刻画，无不实现了完美统一，让观众感觉仿佛就是伊凡雷帝复活。（见图 6—1）

一个人物形象在影视作品中所形成的视觉冲击力，首先是这个人物本身所固有的特殊气质。正如我们在前面提到的那样，形状和色彩是知觉式样本身固有的性质，一个人物的实体就是他（她）的外观形式。当我们回忆一个熟悉的人时，只会回忆起这个人的面庞、身高、胖瘦，余下是这个人说话时的习惯表情、行为举止中的一些特征。看到一面旗帜随风飘扬时，人们只注意旗帜的颜色和它飘动时的姿态，而很少注意旗帜色调随着明暗度的变换。一块石头投入水中溅起涟漪，人们只会注意波纹的扩散，而不会注意波纹之间的距离。外部表现性在人的知觉活动中占有优先地位，是不足为奇的。我们的视觉是对外界环境做出适当反应的工具，而不是可以自动调节的摄影机。如果说表现性是人的日常视觉活动的主要内容，那么人和一切事物的表现性，就是艺术家进行创作所依赖的非常重要的媒介（通过对人和事物的观察获取的经验）之一。造型艺术家不可忽视对表现性的反应能力，应当把表现性作为设计人和事物外部特征的基准。（见图 6—2 至图 6—6）

图 6—1 《伊凡雷帝》，苏联阿拉木图中央联合制片厂 1943—1945 年出品。

图 6—2 《罗生门》，日本大映公司京都制片 1950 年出品。黑泽明认为，如果不借助男性的激烈动作，就无法表达出他内心的情感和理念。片中那些充满活力、栩栩如生的人物使影片真正具有强烈的力度感和鲜明性。

图 6—3 《克莱默夫妇》，美国哥伦比亚影片公司 1979 年出品。本片叙事朴实无华的风格令人耳目一新。扮演泰德的达斯汀·霍夫曼的出色表演奠定了影片成功的基础。他个人的生活经历更是帮助他成功刻画了泰德这一人物形象。女演员梅丽尔·斯特里普把握面部表情的本领堪称一绝。

图 6—4 《芭蕾》，表现性在舞蹈中的体现。选自《中国摄影》，王京摄。

图 6—5 《服装展示》，表现性在 T 形台上的体现。选自《中国摄影》，潘杰摄。

图 6—6 黄河腰鼓。董明摄。

特征的把握

人体是一种十分复杂的式样，而且很不容易创作出令人满意的造型。对于艺术创作来说，人物特征的把握是最困难的，不是一件容易做到的事。通过外部的表现来判断人物的内部心理变化，不是人天生就有的本能，而是通过以往生活中的经验的积累和学习才具备的。把知觉形象的表现性归结为人类感情的反映是不准确的，表现性实际上取决于知觉式样本身以及视觉对这些式样的反映。（见图6—7）

图6—7 话剧《茶馆》是地道的老舍的艺术风格。它通过景与景的对比、人和景的对比，精确地描绘了旧时代的衰亡、崩溃，有着强烈的时代感和浓郁的风俗情调。剧中王掌柜等人物的形象塑造、性格刻画以及行为特征极具典型性。

在生活中，如果一件东西适合我们需要时，我们便不再关心这件东西的外部表现形式。人与人交往时往往注重彼此的外部形式，而不注意内在本质。人物的造型设计，既要体现出人物的外在表现特征，又要有人物的内在本质。人物的性格特征不在影片的叙事情节中表现出来，在造型的本体上就必须体现出来（人物的性格特征是指一个人稳定的心理特征和精神特征）。在创作中我们要培养和提高用艺术的方式把握生活、用艺术的眼光去观察生活的能力。

我们在进行造型设计时，不能按照自己的喜好随意表现和处理知觉对象。这是一种强行给表现主题赋予形状和意义的主观性行为。凡是从事艺术创作的人都不能否认，个人和文化是按照它们自己的方式来塑造、描绘和解释世界的。然而人们面对着的世界和情景是有其自身特征的，所以要以正确的方式去观察和体验，才能够把握知觉对象的内在本质和表现特征。（见图6—8至图6—15）

知觉对象的外在形式和内在本质是相互作用的。这涉及人物（事物）形象的完整性和非完整性的概念。完整的概念应该包含着某种共同的（或普遍的）属性特征。要想把一个知觉对象的主要视觉特征传递给观众，就必须使形象"准确"。这里的准确指的不是具象造型，而是形象的属性特征。仅仅把握住少数几个突出的特征，就能够决定对一个知觉对象的认识，并且能创作出一个完整的形象。当然，这个形象还需要一些次级特征的辅助。

图 6—8 门神画中的
文臣武将。

图 6—9 门神画中的
钟馗。

图6—10　剪纸中的沙和尚、唐僧、猪八戒、孙悟空。

图6—11　剪纸中的女人、男人。

图6—12　剪纸中的鱼人。

图6—13　剪纸中的狮子。

图 6—14　泥公鸡。

图 6—15　布老虎。

在生活中，经常会出现这样的情景，我们从远处就能认出对面走来的那个人是自己所熟悉的人。这种辨识，不是通过某些细节，而是通过这个人所具有的那些我们记忆中的动作特征和身体的外部特征。个子矮小的人走起路来步子碎，年老的人、身体虚弱的人走路时节奏缓慢，步子抬不起来，腿长的人走路时腿总是向前挺，肥胖的人走起路来步子很重，体魄健壮的人走起路来步伐坚定，注意力不集中的人走起路来东瞧西望，这些都是人外在行为的表现性。这些经验来自生活，同时也告诉我们，形象在影片中具有的行为特征，来自形象本身的结构机能。

服装也是人类文化发展的重要内容，是人类文明进步的重要体现。随着时代、社会的发展变化，欣赏习惯、审美标准的变换，服装的款式、材质、色彩也在不断地变化。服装除实用性之外，还具有审美及社会时代的标志特征。

　　在戏剧舞台的表演中，服装已完全失去了一般生活服装的实用功能，它的设计完全是根据剧情的需要。在影视作品中，服装是创造人物形象外部特征的一种造型手段。在美术片中，服装式样有很强的外在表现性。服装式样可以通过夸张外在形式的造型手法，突出人物的性格特征。用服装的色彩、式样和饰物等造型手段，烘托人物的个性特征，使人物的心理状态与外部动作、神态达到完美的统一。（见图6—16）

图6—16　服装式样的表现形式与人物的性格体现。

作业练习

1.观察速写生活中的人物形象，通过对其外部形状的改变突出人物个性特征。

2.改变某一人物造型的服装式样，突出人物的身份特征。

3.改变某一造型的色彩，体验色彩对塑造人物性格特征的重要性。

第 7 章
形状和结构与变形夸张

　　物体的形状不是人的视觉所决定的，知觉往往会将眼前对象隐藏的另一面结合起来，形成一个完整的形象。本章的学习目的是：在正确掌握造型创作技巧的同时，重视造型创作的方法。提高在造型创作中对形的结构空间的把握能力和控制能力，以及对事物的整体观察力和判断力。

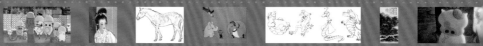

形状，是眼睛所看到的物体的基本特征之一。也就是除了物体在空间的位置和方向等性质之外的外部形象。更直接地说，就是物体的边界线。（见图7—1）

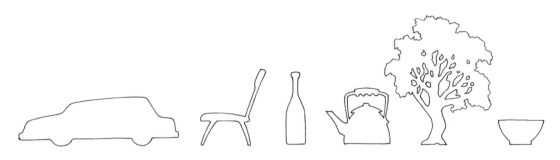

图7—1　物体的轮廓线呈现出物体的外部形状。

线与形状

　　我们在生活中，经常能够看到许多大小高矮不同的物体。这些呈现三维特征的物体的表面由许多二维的平面连接组合而成，这些二维的面又是由一维的边线围绕而成。包括球体也是由极小的二维的面组成的。这种现象在造型艺术的素描基础训练中，以及计算机在构建一个三维模型时体现得非常充分。面的连接是塑造一个三维物体不可缺少的重要元素。线的围绕可以表现物体的外部特征。（见图7—2、图7—3）

　　有些物体的形状是我们比较容易把握的，比如凳子、茶杯、勺子等。因为其形状是在内、外边界线的对立或组合中形成的。有些物体把握起来比较困难，人的五官就很有代表性，因为它们的形状都是由内部边界组成的，是由头部的空间特征所构成的。因此，外形往往是一个造型稳定的基底。各个器官部位，便是参照这一架构安排的。（见图7—4、图7—5）

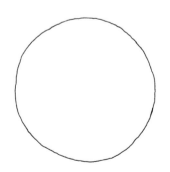

图7—2　一维边线围绕而成的二维平面连接组合而成的物体的三维特征。

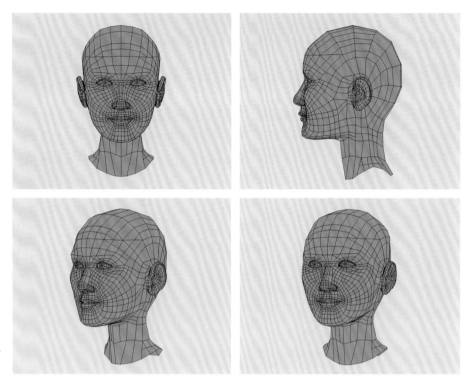

图 7—3　3D头
部的构建模型。

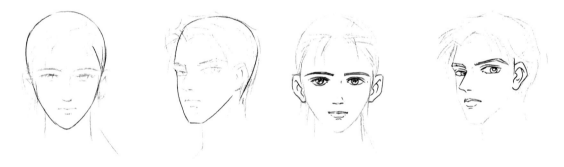

图 7—4　头部的空间特征。　　　　　图 7—5　内部边界轮廓组成的五官形状。

结构空间与结构骨架

　　一个物体的形状不单是由人的视觉所决定的，知觉往往会将眼前对象隐藏的另一面结合起来，形成一个完整的形象。比如当我们看到一个人的面部时，连对方背后的头发也成了我们接收到的整个图像的一部分。通过一个人的服饰轮廓，就能够知觉到这个人的内在形体；看到一部汽车，就可以知觉到它内部复杂的机械构造。这种以不同概念与可见物体部分结合成完整形象的能力，可以提高我们在造型设计中对形的结构空间的把握能力和控制能力，提高对知觉对象的整体观察力和判断力。（见图 7—6、图 7—7）

　　当我们明确了视觉对象的形状并不仅仅是由它的轮廓线决定的，在动笔创作之前，就必须对创作造型中主要线条的对比有清晰的认识。因为在许多造型形象中，真正体现形象的主要线条并不是它的轮廓线，而是形象内部的"结构骨架"（这个问题在前面已经提到过）。由结构骨架来确定一个造型形象的特征，是非常重要的。（见图7—8、图7—9）

在美术片造型创作的过程中，我们要想将一个已知的物体形象再现为一个新的式样，只要这个新的形象的结构骨架与已知形象的结构骨架相类似，那么这个新的形象就仍然很容易被认出来。所以，一个造型形态的构造特征，往往在它的外形上体现得十分明确，并且能够显示出具体的形状和体积。这也就是我们经常讲的，表现任何物体，首先要抓住知觉对象的属性特征，以及形象内部结构和明显的表象特征。（见图7—10）

图7—6　视觉与知觉对一个自然物象的完整体现。

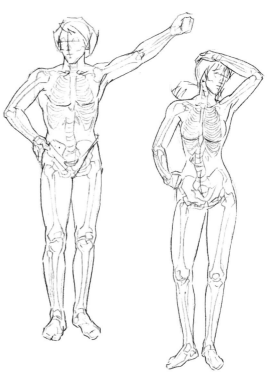

图7—7　人物的外部表象与内部形体。　　　图7—8　人类骨架结构的特征。

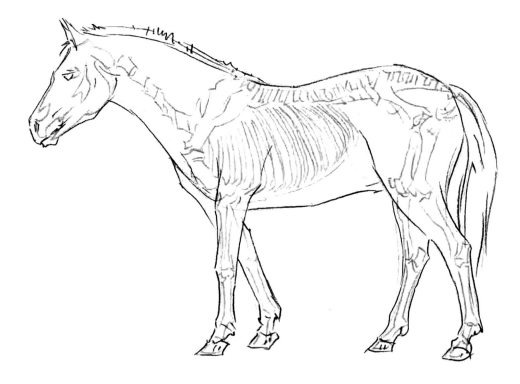

图 7—9　马的骨架结构特征。

图 7—10　形象内部结构和表象特征。

一个形象的结构骨架的组合构成，能够在视觉上产生节奏感和韵律感。这种节奏和韵律感是感染观众情绪的重要因素。产生节奏和韵律感的主要因素，是造型表现形式中形态的重复以及色彩的变化。这种现象在装饰风格的造型上体现得更为突出。（见图7—11至图7—13）

图7—11　人体结构组合产生的节奏和韵律。

图7—12　《大闹天宫》中的观世音菩萨。

图7—13　版画《宗教与和平》，作者：丁绍光。

内部构造与外部特征的整合

在造型设计的绘制过程中，要研究知觉对象的内部构造关系，内部构造与外部特征之间的整合规律，以及内部结构与空间结构的关系和规律。了解和掌握这些知识，有助于参与绘画人员对形象的整体把握，更利于形象在动作设计中运动形态的统一。如果设计出的造型形象在结构特征上模糊不清，那么这个形象传达的视觉信息也会极不清楚。这就会在绘制运动中的形象时，干扰参与此项创作的人的知觉判断，形象也就很难保持完整统一。由此就会产生造型的外部视觉形象对观众的视觉不起作用，反而是观众的主观因素占有主导性的情况。观众只是对这种艺术表现形式或绘画风格感兴趣，仅此而已。

绘画表现是建立在有关物体的完整的三度视觉概念的基础上的。任何一个立体物的视觉概念都只能以三度的媒介加以再现。但在实际中，无论哪一种绘画艺术形式，都不能把一个完整的视觉概念在一个平面上复制出来。美术片动画的创作是在二维平面上进行的，其对事物的再现，只能通过选取它们最简化和最典型的部分来实现。而这些部分，往往在物体的结构上体现得更为明显。因此，创作形象时要在这个形象的结构组合中，选取那些典型部位来表现整体。（见图7—14、图7—15）

图7—14　人物的轮廓特征。

图7—15　动物的轮廓特征。

在动画造型的二维平面形象中，图形内部代表的是一个立体的内部。而这一立体形象是由二维平面的轮廓线勾画出来的。因此，动画造型的三维概念是通过明晰的二维形式表现出来的。（见图7—16）

如果一个形象中的不同部位的轮廓线，在相互接触或交叉时没有互相遮断，那么就不会产生理想的空间效果。只有运用线、面的重叠遮断使整体形象变得更加简化的时候，才有可能使这个形象产生立体的效果。（见图7—17）

图7—16　二维平面呈现的头像和手，以及三维立体呈现的头像和手。

图7—17　平面的人物形象和立体的人物形象。

线条的运用

在美术动画片中，大部分作品的表现形式是以线条描绘视觉形象。线条的审美意味与艺术功用是非常丰富的。在世界艺术的历史发展中，线条这种表现样式一直处于十分重要的地位。线条本身富有含蓄性、表现性、抽象性和象征性。线条最突出的特质在于它能够暗示出体积、空间和质感，尤其在中国的绘画艺术和书法艺术中表现出一种美的韵律和节奏。（见图7—18至图7—20）

图7—18　《舟人溪山深居图》，作者：黄宾虹。

图7—19　《听琴》局部，作者：王叔晖。

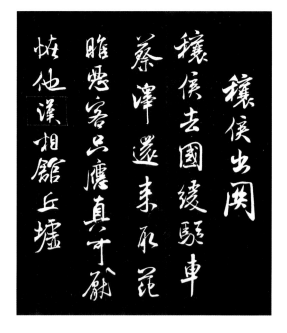

图7—20　《穰侯诗帖》，作者：（宋）米芾。

线条是结构表现的重要因素，在美术片造型创作中起着分析比例、透视、体现画面空间关系、形体塑造、运动表现等作用（见图7—21）。因此，线条的掌握与运用，对动画创作人员来说要求是比较高的。线条是由运动行为通过媒介产生出来的轨迹，艺术家对线条的掌握与运用（包括技术因素），能够体现出他的理性控制力和本能气质的控制力。

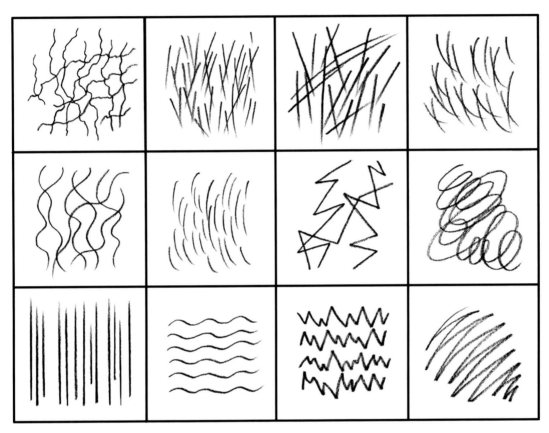

图7—21 不同的线条呈现出不同的表现力。

简化

现在，我们再回过头来说一下前面提到的"简化"。

这里说的简化是指创作出的动画造型更集中简洁、典型生动，强调形象经过概括和提炼后的装饰趣味，注重形象的外形轮廓和视觉效果形成统一的整体艺术风格。从技术角度讲，简化有两种意思，一种就是我们通常意义上说的"简单"，也就是在一个造型形象中，只包含几个很少的结构特征，而且结构组合很简单。这样形成的形象就可以说是简化的。另外一种意思是指在造型设计中，用尽可能少的结构特征，将复杂的知觉对象完整地再现出来，那么这个形象也是简化的。在美术片作品中，有许多适合幼儿观赏的作品。这类作品中有一些类似儿童画的既简单又生动的动画造型形象，这些形象经常被简化为最基本的结构样式。所以，一个好的造型艺术家，不仅能够透彻地理解和把握再现形象的结构特征，而且深知如何才能有条理地组织简化，使用一些基本元素，进行视觉的基本构成，最终获得创作上的满意效果。（见图7—22、图7—23）

图7—22　动画片《麦兜的故事》中的造型风格。

图7—23　《像不像》中的造型风格。

表现性·运动性·张力

　　美术片中的形象造型大多是夸张变形的，这也是美术片艺术表现形式的特征。这些以绘画、木偶、剪纸、泥偶、折纸形式表现的造型形象，在影视作品中担负着与故事片中真实演员表演一样的职责。因此，这些形象造型不应是静态独立的表现样式，应该充分体现出情感的表现性和运动性。所谓表现性，简单地说，就是造型本身具备必要的情感表演功能。剧中所有的规定情节可以通过造型本身的表现来完成。尤其是美术动画片中一些有特殊规定情景的表演形式，在造型的设计阶段就要给予考虑。

　　说到"运动性"，就不能不谈谈造型的"张力"。在二维形象造型的式样中，其立体感是来自式样本身所固有的张力。这种感觉在具有立体感的二维动画造型中有着非常明显的体现。任何物体的视觉形象，只要它的视觉特征显示出楔形轨迹，图形架构有倾斜的方向，或表面有光影等知觉特征，就会产生一种运动感。因此运动性首先取决于形象各部位的形状比例，通过各部位形状比例上的改变创造张力。（见图7—24至图7—26）

　　当整体形象的图形由宽变窄或由窄变宽保持一个稳定的变化速率时，形象的运动

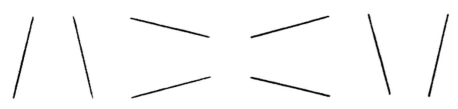

图7—24　楔形轨道所表现出的运动感。

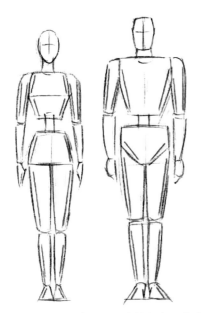

图7—25　正常的人体结构所表现出的固有张力。

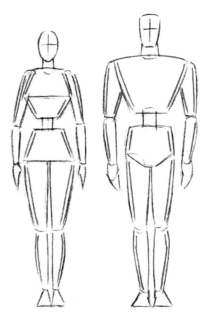

图7—26　改变某些部位的形状比例所显现出的运动张力。

感是相对稳定的。如果造成一种渐强渐弱的变化速率（增强或削弱某些结构特征），那么形象轮廓所具有的运动感就会加强。在设计造型形象时，我们可以先由封闭的轮廓线组成的图形单位相加成为一个整体（其中要注意图形单位本身的运动感和方向性），然后逐步向一个具有内在有机统一的结构整体转变，同时造成形象的某种定向倾斜，体现和加强形象的视觉张力。（见图7—27、图7—28）

图7—27 各种图形表现出的视觉张力及图形相加组合而成的造型。

图7—28 内在有机统一的结构整体转变所表现出的运动感。

变形与夸张

倾斜具有倾向性的张力，因为倾斜总被人们认为是偏离了正常的位置，也就是我们常说的位置上的偏离，而偏离包含着形状的变形。

变形是使美术片形象造型看上去具有立体感的必要条件之一。某一种形状的内在张力和表现性，完全可以通过由该形状简化和变形后获得。这种感觉还可以通过对原有形状的记忆和比较得到加强。变形就是指形状的空间关系发生了变化之后得到的视觉效果，也可以说变形的过程就是比较的过程。其中有一条规律是不能改变的：变形后的视觉物体形象让人一看就知道是另外一件物体（原始形象）经过了位置偏离等变化后得到的。在造型结构中，变形是背离规则的几何和谐的结果，可以不受自然界中特定的比例关系的约束。变形在美术片的造型艺术中非常普遍，甚至是以相互矛盾的方式存在于其中的。（见图7—29）

在美术片中夸张源于多方面的巧妙组合。如剧本故事情节的夸张，角色造型设计的大胆想象与夸张，动作表现过程中形态与速度的夸张，角色内心情感与外部情绪的夸张等。对夸张的认知与把握，关系到作品本身艺术风格的具体体现及作品呈现的完整性。夸张在作品中的表现形态与动作风格往往取决于角色造型功能，造型的风格样式源于剧作的类型，而情节的想象与夸张是表现形式的约定。这些都是相互关联的，不能毫无顾忌地随意夸张，否则结果只会令人遗憾。

凡艺术都存在着不同程度的夸张。美术片离不开夸张，有时甚至是"怪诞"的、"极度"的、"想入非非"的、"不合常规"的夸张。但减弱与夸张是并存的，要正确地运用。要注意自然物象的整体特征与局部特征，对其不做大的改变和结构框架的破坏，对其具有代表性的特征进行夸张，弱化物象的表象，使造型形象更具典型性、象征性和个性特征。（见图7—30、图7—31）

图7—29 改变比例和潜规则后的造型视觉效果。

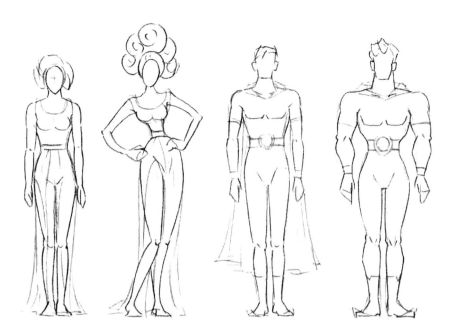

图 7—30 未夸
张与夸张后的
人物造型。

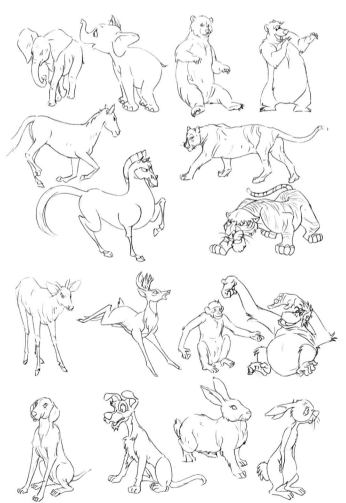

图 7—31 未
夸张与夸张后
的动物造型。

美术片形象造型的局部夸张，以改变自然物象的局部结构，改变其比例关系，突出最具本质特征及最具有代表性的部分为主。在人物造型的设计过程中，头部占有很重要的位置。头部的造型非常简单，容易再现，不同性别、不同年龄的人都可以随手画出来，且其产生的视觉感受绝不会与其他物象混淆。但人们的视觉中心组织长期受一个固定模式因素的刺激，这个因素对人们所进行的绘画活动的本质起着决定性的主导作用，也就是视知觉中已有了形象的恒定性，创新又是非常困难的，很难有所突破。因此，更新创作观念是必要的。成功的形变过程，具有一定的继承性、模糊性和隐蔽性。形的再创造，是非描绘性和非客观性的，是形的演绎、转化与变换的结果。只有这样，才能体现独特创新的审美要求。（见图7—32至图7—34）

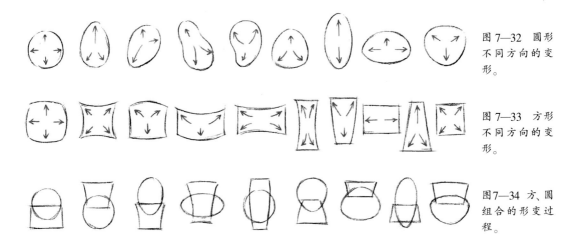

图7—32 圆形不同方向的变形。

图7—33 方形不同方向的变形。

图7—34 方、圆组合的形变过程。

头部结构夸张与位置调整

头部的结构是联系性很强的有机体，五官位置的每一处变化，都会影响整体的形象特征。创作设计的过程既是加减法则的体现，同时又是深思熟虑后的提炼和概括。为了增强形象的个性特征和面部的生动性，动画头部造型大都采用结构夸张的手法，通过线条结构上的变化，夸张、削弱全部或局部的五官造型，增强面部的表情特征。（见图7—35）

当五官的形状、位置描绘到一定程度，视觉效果仍然可能有不舒服的感觉，产生这种感觉的原因，就是没有达到视觉力的平衡。我们知道，如果作用于一个物体上的各种力互相抵消，物体便处于平衡状态，即物理平衡。该理论在绘画创作中也同样适合于视觉力的平衡。因此，在这种情况下，我们可以试着调整一下造型的外部形状。同样，也可在外部形状不变的情况下，调整五官的形状和位置，直到外部形状和五官两者在视觉上达到平衡为止。（见图7—36、图7—37）

图7—35 夸张、
削弱全部或局部
五官特征。

图7—36 外部
形状不变,改
变五官形状和
位置。

图7—37 五官
形状位置不变,
改变外部形状。

动物造型的基本规律

美术片中的动物造型与人物造型的创作过程是一样的。认识并了解动物的外部形状和内部结构特征同样重要。动物的种类、形象、体态特征、悬殊的比例、行为动作的差异等，都远远丰富于人类自身。因此，在造型创作前，首先应明确所要创作的动物形象的类别，如兽类（哺乳类动物中最常见的动物）、鸟类、鱼类、两栖类、爬行类和昆虫类等。（见图7—38至图7—41）

动物的种类成千上万，但在美术片中出现的并不是很多，而真正成为美术片中代表性形象的更是屈指可数。这与人类对动物世界的认识和好恶有很大的关系。大自然中的动物有自身的天性，而人类在艺术作品中对它们的再现，更多是基于主观因素的寄托、需要和愿望。动物人性化的描写多数都出现在寓言、童话、民间故事、古代传说中。这类题材作品充满了幻想和丰富的想象。这一特点，跟美术片的艺术特点恰恰是相似的。因此，二者很容易结合在一起。

将动物拟人化，本身就赋予了其人类的行为特征。在造型处理上，除了某些局部还带有动物本身的特征外，其余部分则更接近于人类的形态。拟人化动物的头部是其本质特征最明确的体现（见图7—42）。在变形夸张的同时，不要忽视物象的视知觉。只有如此，才能保持动物形象的个性特征。

图7—38 动画片中兽类的造型。

图7—39 动画片中鸟类的造型。

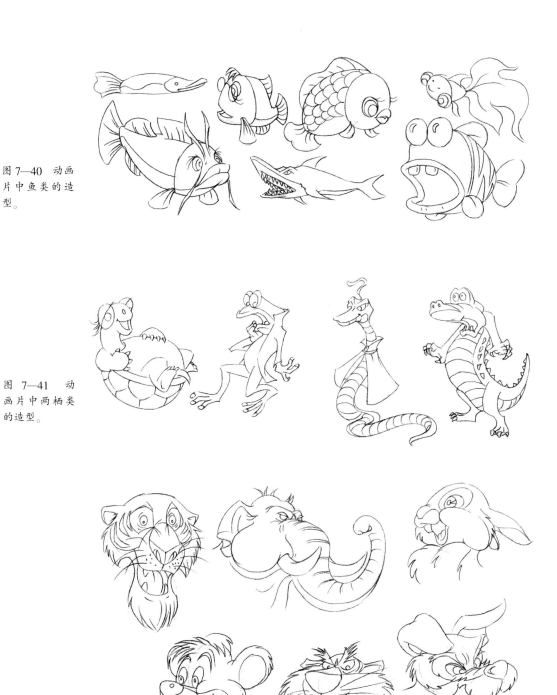

图 7—40 动画片中鱼类的造型。

图 7—41 动画片中两栖类的造型。

图 7—42 拟人化动物头部的造型。

作业练习

1. 从不同角度勾画人物头部形象，体验和掌握头部骨架结构的透视变化。

2. 用几个不同的几何形体，组建人物或动物的动态造型。

3. 进行人物和动物的白描训练，体验和掌握用线条塑造体积空间的能力。

4. 改变某一人物头部五官的形状和位置，刻画人物的面部及性格特征。

5. 明确某一物象的属性特征，夸张或削弱部分结构特征，突出其鲜明的个性。

第 8 章
造型的象征性和运动性

　　动画造型形象更多地强调造型本身的运动功能，而运动功能的体现是由造型的结构所决定的。对造型结构的把握，应做到在突出形象个性特征的同时，使其本身的外部形状具有某种象征性。本章的学习目的是：在对上一章内容主题进行延伸的同时，进一步扩展造型创作的思维空间，提升对事物形状的感悟力和想象力。

美术片中的造型形象通过电影电视媒介传达给观众的是一种信息，一种视觉印象。观众从这些造型形象本身的特质、表演中得到感受，获得认识并产生反应。这个过程是一种心理活动和情感活动的过程。

美术片造型设计者、造型形象、美术片的观赏者，这三者之间的关系应该是情感交流的关系。设计者本人在充分掌握和了解了剧情结构、人物性格特征以及导演的艺术构思之后，将自己的意图和情感真正融入富于感情的、具有美感特征的造型形象之中，并通过造型形象在剧中对矛盾冲突、情感表情、性格特征的准确把握与表演，引发、刺激观众，使观众在受到感染的同时产生共鸣。

线条的表现性

在现实生活中，人们在通过语言讲述某一件事物时，会不由自主地用手画出该事物的轮廓线，以描述该事物的外部形状，尽力显现该事物。通过手创造的艺术形象，有许多是以轮廓线的形式出现的。因此，用轮廓线表现事物成了最简单和最习惯的表现技巧。这种线条的表现艺术形式也非常适合人类的心理状态。比如人们描述坚硬的事物时，手画出的轮廓线富有力度，节奏感强；描述柔软的事物时，手画出的轮廓线富有流动感，轻柔漂浮。这就如同一条明显的曲线所传递的运动感和温柔感是非常清晰明确的，而某种表现形式异常混乱的线条是，它所传达的意义也是非常模糊的。长此以往，线条就成了表现视觉形式最基本的语汇之一。（见图8—1）

视觉体验到的事实，能够唤起个人内心深层对于与其相关的力量和事物的印象。通过线条的形式再现事物的外部形状，在加深知觉记忆的同时可以表达情感、表现情绪，甚至能够体现出某种精神理念。（见图8—2、图8—3）

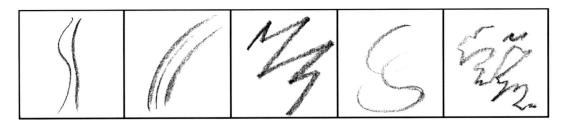

图8—1　线条中包含着情感信息。

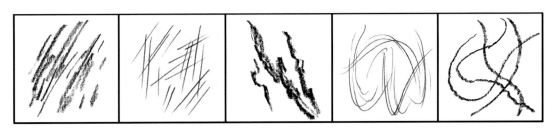

图8—2　不同线条的表现形式。

图 8—3 不同线条绘画风格的艺术表现。

形状的象征性与功能

轮廓线画出的不同形状的面本身是物体空间存在的现象，也是物体表面现象特征的体现。如果说线可以是某种精神理念的表现，那么面表达的就是精神内涵。在美术片造型形象的绘画过程中，形式上一般沿袭和借鉴了纯造型艺术的绘画表现方法，而在视觉表现上两者又有较大的区别。同样都是描绘对象，美术片造型的表现形式不再是纯绘画艺术表现的视觉空间，而是以平面结构形式表现出的符合视听艺术标准，符合观众的普遍心理需求和审美趣味的形式或内容。美术片造型还有一点与其他视觉造型艺术不同，即美术片造型形象更多地强调造型本身的运动功能。而运动功能的体现是由造型的结构所决定的。对造型结构的把握，应做到在突出形象个性特征的同时，使其本身的外部形状具有某种象征性。（见图 8—4、图 8—5）

如果就一幅绘画作品而言，画面所表现的内容中没有隐含某种观念，就不能把它称为象征性的艺术。无论是纯粹的形式，还是题材，这些都不是某件艺术作品的最终内容。它们所能起到的作用，都是给无形的一般概念赋予形体。人物的形体造型与自然界中任何一种事物形状一样，都具有象征性。这种象征性是对事物形状产生的感情和想象作出的判断。其本身既有视知觉的主观性，同时也具有一定意义上的代表性，动画造型艺术家就是充分发挥了这种判断力，借用夸张变形的表现方法，使造型外部形状的象征性得到充分的体现。（见图 8—6）

图 8—4 不同图形的象征性。

图 8—5 造型形象中运动功能的体现。

图 8—6 外部
形状与人物个
性特征的体现。

人体结构的表现与象征

人体的结构是非常复杂的，但经过简化，掌握起来就比较明确清晰。人体整体形象的象征性与人体局部的象征性是相互关联的，突出或削弱任何一个局部都要根据整体造型的需要进行。充分认识和了解人体各部位表达的象征性，有助于塑造人物的性格特征。我们可以尝试将人体划分为三个区域。人的头部和颈部为精神区域，是人的内在气质和形象特征的象征。躯干为精神、情感区域，是生命主体的象征。臂部和腹部为物质区域，是一种能量动力的象征。人体的四肢是探测外部世界的接触器，是运动功能的象征。不仅如此，每一个区域又可以作进一步的划分。如大臂是物质的象征，小臂是情感的象征，手是精神的象征。与此相同，大腿是物质的象征，小腿是情感的象征，脚是精神的象征。（见图 8—7）

在形象创作的过程中，无论夸张人体的哪一个区域（相对不变的部分就是减弱），都是在强调人物的结构特征，与此同时，人物形象的性格特征也会发生变化（见图 8—8）。因为外部形状的象征性隐含着内在的性格特征，性格特征依赖于外部形状的体现。因此，对象征性表现的准确把握是很重要的。不仅如此，形象的外部形状在许多时候决定了人物的运动行为特征。尤其在动画片中，行为特征的表现对刻画性格特征起着非常重要的作用。所以，形与性格一致，才能保证一个形象塑造的完整性。

形的动感表现，是通过各部区域的形象结构形态的构成来体现的。在美术片中，要使造型形象得到满意的视觉效果，离不开形象特征、外部形状、运动行为、语言风格、声音特点等综合因素。其中运动行为特征是形象性格特征的外在体现。（见图 8—9）

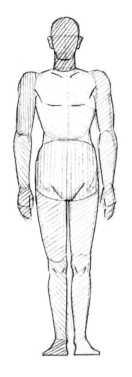

 精神区域　　　 精神、情感区域

物质区域　　　　探测外部接触器

图 8—7　人体
不同区域的象
征性。

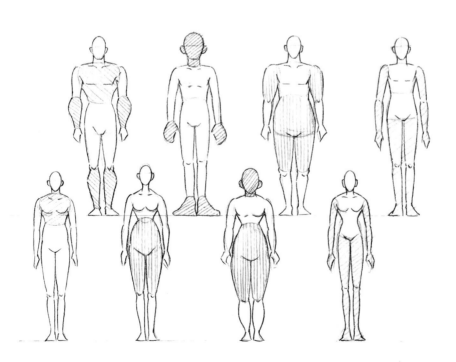

图 8—8　改变
某一区域后的
视觉效果。

图8—9 外部形状与性格特征的运动表现。

视觉形象的运动

只有美术动画片才能使绘画形象既表现出视觉运动,同时又能够避免形象运动的机械性。动画制作技术不仅能够复制和操纵人体的运动,而且还能表现各种自然物体的运动。自然重力对物体运动的限制,在美术片中可以自由地把握。所以说动画技术真正赋予了绘画形象一种新的维度空间——运动性。

影视美术动画形象的运动主要反映在两个方面:一是画面空间中的人、影、物的运动,以及物体移动时的不同速度引起的视觉上的位移和变形。二是画面构成的角度、不同的景别、镜头变化形成的形象运动。因此,影视艺术是唯一可以直接在时间和空间中表现运动的艺术。

视觉形象的运动在艺术中一直局限于舞蹈演员和戏剧演员在舞台上表演出来的形态样式。在这一领域内的任何新的尝试,从来没有超出人体本身的构造所能完成的运动式样。因为人体的物理重量永远是运动行为表现的一个因素。所以我们看到的真实表演中,运用人体动作与题材所表现的形状和运动,只能够近似地达到人们预先希望得到的视觉效果。而运动的准确性也只能做到没有大的偏差。在美术动画片中,运动的准确性的把握并不困难,因为形象运动的点位是1/24秒,大大快于人们正常的视觉反应速度。所以,只要是我们能够想象得到的运动表现方式,都可以得到满意的视觉效果。

运动是最容易引起人们视觉注意的现象。在日常生活中，"事物"与"事件"相比，后者更容易引起我们本能的反应。这是因为"事件"的主要特征就在于它的运动性。比如我们看到的公交车是"事物"，公交车进站就是"事件"。

演员在表演时有着双重形象，首先他是表现形的主体，是演出艺术中形象的直接体现者。在观众欣赏他扮演的角色的时候，演员本身并不能在表演的角色中完全消失。而动画片中的角色造型却没有这种双重性。他们是观众视知觉感受到的唯一和真实的存在。因此，每一位动画造型的设计者必须具有以表演为己任的意识。动作设计是造型形象表演的体验者（也就是美术片创作生产流程中的原画），赋予表演功能的则是造型设计者。要让绘画形象真正动起来，在设计阶段就要考虑到形象的运动性和表现性，以及整体性的形式和内在的精神把握。随着动画艺术的普及与发展，在造型形象设计中，表现形式已经变得更为宽泛自由。随意性与独立性的意识不断增强，造成了视觉形式上的个性因素渐趋主导。但要记住，一部作品的成功，更多体现在它的完整性上，而不是极度的个性张扬。

作业练习

1. 勾画人物或动物表现不同情绪的面部形象。

2. 勾画人物或动物的形体动态，体验和掌握肢体语言对情感的表现性。

3. 对某一造型形象最大限度地进行动态夸张，体验和调整形象本身应具有的运动功能。

4. 用不同的线条绘画风格表现同一人物造型，从中体验和掌握不同的艺术表现形式。

第 9 章
动物造型的表现形式

在美术片中，艺术家经过巧妙构思，通过变形与夸张，将许多动物的自然形象升华到艺术形象，使之人格化。本章的学习目的是：了解美术动画片中动物不同的造型艺术风格和表现样式，掌握动物造型的创作方法与基本技巧。

它与人类有着十分密切的关系，它具有非常重要的科学研究价值和经济价值，它的种类有上百万之多，千姿百态，形象各异。从古至今，人类倾其所爱，在大量的文学作品、民间传说、童话故事中有声有色地描绘它，并将情感、想象和美好的愿望寄托在它身上，这就是动物。当我们看到以动物为对象所创作的各类艺术品，看到其大胆的夸饰与精思巧构时，不得不佩服这些艺术家在所塑造的对象身上倾注的大量的心血与情感。（见图9—1至图9—4）

图9—1 粉彩陶猴（汉代）。

图9—2 羊形青瓷器（东晋）。

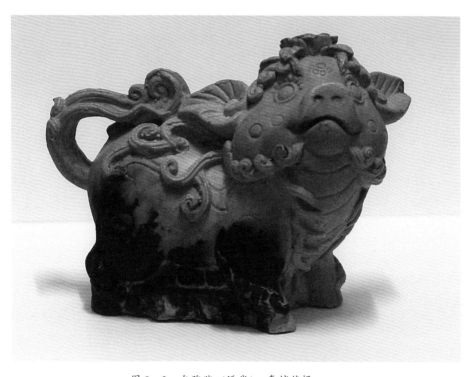

图9—3 灰陶猪（近代），秦悄然摄。

图9—4 山西石狮，秦悄然摄。

拟人化的动物造型

　　人类的语言有许多是借用动物的特征、形象、个性来形容人类自身的某种动作神情、长相技能、性格特征等的，也有将人的许多个性特征用来描述动物的，如呆若木鸡、气壮如牛、身轻如燕、豹子头林冲、聪明的猴子、傲慢的狮子、狡黠的狐狸等。语言之精练，对形象形容之准确，无不体现出人类对动物的外貌特点与内在神气的细致观察。

　　在美术片中，许多动物经过艺术家的巧妙构思，经过变形与夸张，由自然形象升华到艺术形象，变得人格化。

　　变形并不是一味地追求怪、奇，更不是毫无顾忌地凭空捏造，夸张的手法也是基于客观世界中视觉物象的真实。对动物的变化夸张，也要把握艺术造型中的准与变的规律。变形而得奇，夸张不失趣，美学的法则是归纳自然，而不是照搬自然。用夸张的手法适当变形，可使动物的神态形象更生动，外貌特征更鲜明，也更容易体现动物拟人化的情感特征和个性特征。（见图9—5）

图9—5　拟人化动物造型的表现样式。

造型的结构夸张

自然界中每一种动物都有其自身的结构形状，它们的外形特征往往是由它赖以生存的必不可少的生理功能所决定的。在动物造型设计的过程中，观察和分析动物的典型化动作，是我们描绘其精神面貌的前提。动物的运动形态充分表现了它们的特征和习性（因为运动中的形体结构更加清晰可见，肌肉变化更为明显突出）。这对我们塑造形体、简化结构、夸张个性特征是有提示和启发作用的。（见图9—6）

对动物外部造型的夸张，我们通常会采用最直接有效的手段来强调动物的形象特征。比如：让长的更长、短的更短、胖的更胖、瘦的更瘦。在此基础上，注入创作者本身的认识和主观意念，在简化、夸张、变形的同时，根据主题情节的要求，深入刻画形象的神态和角色性格。这样的形象造型既不失原本的属性特征，又具有了人类的情感象征和语音色彩，以及行为表达的功能。

美术动画片《木偶奇遇记》、《小鹿班比》、《幻想曲》，都是世界公认的动画电影中的经典作品。在《木偶奇遇记》中，把匹诺曹引入歧途的狡猾的狐狸和猫，《小鹿班比》中学问渊博、高谈阔论、一本正经地谈论爱情的猫头鹰，《幻想曲》中扮演成女芭蕾舞蹈家，又高又胖的河马与男舞蹈家鳄鱼等，都是拟人化动物造型的

图9—6　运动中的动物形态。

成功典范，其在影片中的精彩表演更是令人叫绝。（见图9—7至图9—9）

图 9—7 　《木偶奇遇记》中狡猾的狐狸和猫。

图 9—8 　《小鹿班比》中的小鹿与猫头鹰。

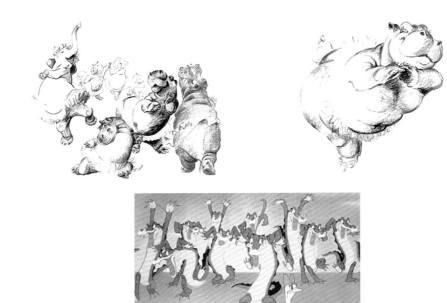

图 9—9 《幻想曲》中的河马与鳄鱼。

　　拟人化动物造型设计的视觉效果，是在动物原形态的基础上夸张变形，在保留一定原有运动形式的基础上模仿人类的生活行为。因此，造型创作过程与人物设计并无太大的区别。（见图 9—10 至图 9—17）

图 9—10 自然界中的大象与动画造型。

图9—11 自然界中的兔子与动画造型。

图9—12 自然界中的猴子与动画造型。

图 9—13 自然界中的猫与动画造型。

图 9—14 自然界中的熊与动画造型。

图9—15 自然界中的马与动画造型。

图9—16 自然界中的虎与动画造型。

图9—17 自然
界中的鸟与动
画造型。

性格特征的表现

在美术片中，还有一种动物造型的表现样式，就是除保留动物头部或少数具有
象征性的地方外（如耳朵、尾巴等），整体外部形象全部人形化，并具有人类所有的
行为特点。（见图9—18）

图9—18　人形
化的动物造型。

动物的性格化特征，是艺术家的主观意愿和想象所赋予的。艺术家借助动物的形态与人类对其视知觉的自然反应和接受规律，表现人类自身的思想、情感和行为，将动物真正纳入人类社会之中。（见图9—19至图9—26）

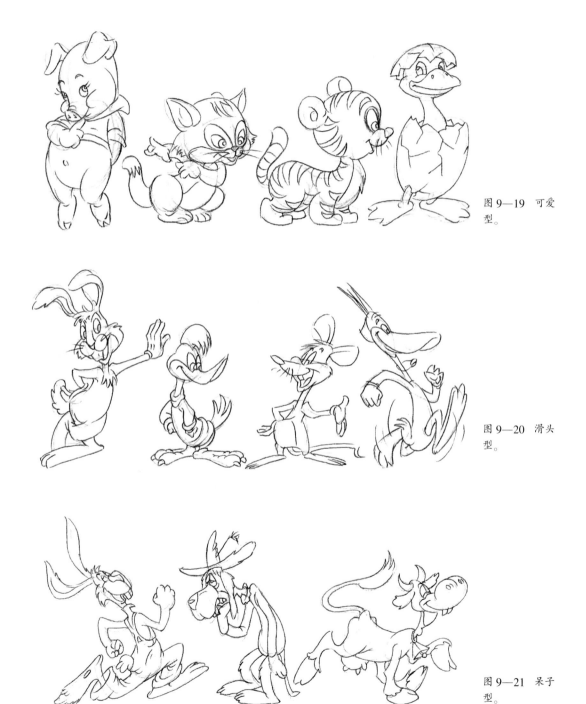

图9—19　可爱型

图9—20　滑头型。

图9—21　呆子型。

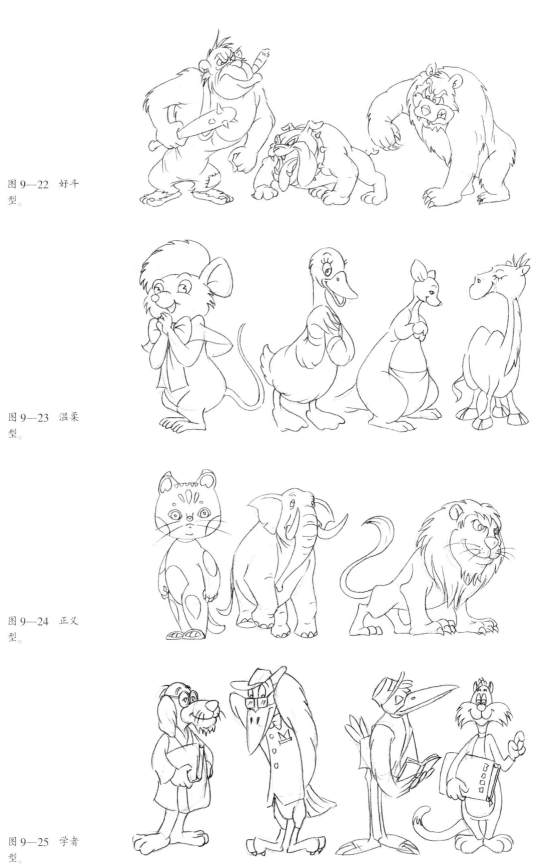

图9—22 好斗
型。

图9—23 温柔
型。

图9—24 正义
型。

图9—25 学者
型。

图9—26 流浪型。

作业练习

1. 观察和速写自然界中动物的生活习性及自身的结构特征，并进行清稿简化作业。

2. 创作一个动物造型，突出其属性特征并将人类的情感元素融入其中。

第 10 章
服装道具的设计与功能

　　动画造型艺术应该是不断推陈出新的视觉艺术，每一部作品都应力求给人耳目一新的感觉，而不是让观众产生视觉疲劳的形式重复。本章的学习目的是：在造型设计中利用各种创作元素（如服装、道具等），从不同的角度，以全新的构思、独到的理解，使形象的外表形式与内在特征完美地结合在一起。

美术片与其他表现艺术一样，应是新奇的、美的、震撼人心的。只有这样，它才能产生审美价值。美术片的表现形式是丰富多彩的，艺术风格是多样化的。每一部作品都应力求给人耳目一新的感觉，而不是让观众产生视觉疲劳的形式重复。

服装的艺术功能

动画造型艺术应该是不断推陈出新的视觉艺术，因为它的想象空间和创作空间远大于其他任何艺术表现形式。其中造型形象的服装样式就是一个可以充分利用的绝好元素。过去我们在形象服装样式上的选择，更多地注重导演与编剧的创作意图，以及造型外表视觉形式的需要，而忽略了服装可以创造一个富有寓意的空间。

服装的作用不是单纯地给人物造型（包括人形化的动物）包裹上一层程式化的外表，而是塑造典型形象、性格特征、精神面貌的重要手段之一。成功的服装设计不但可以增加形象的视觉吸引力和感染力，甚至可以弥补造型形象的某些不足和缺憾。服装样式的设计也能体现出艺术家的创造性。（见图10—1至图10—3）

在美术片中，可以用服装的外部特征交代故事发生的时间、地点，表现人物的阵营、身份、年龄、性别、性格，表现剧作的意图、情绪与气氛。服装的多样化似乎是我们大家熟知的道理。它包括写实手法在内的一切形式的处理。而在服装的风格化处理上，我们有时却表现得难有作为。原因是我们对服装的认识不够清楚和深入。风格化处理就是改变我们所认识的生活中的服装式样、色彩、质地，摆脱生活

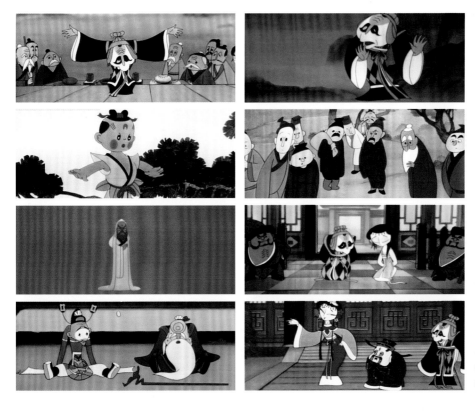

图10—1 《天书奇谭》中人物造型的服饰特征。

图 10—2 动画片《我为歌狂》中人物造型的服饰特征。

图 10—3 动画片中部分形象造型的服饰特征。

服装原形对设计者的束缚，抛弃某些定式的外表特征，利用形象本身的某些表现特征去夸张、纯化或变异、概括，从不同的角度，以全新的构思、独到的理解去把握服装的本质。若使形象的外表形式与内在特征完美地结合在一起，形象在运动表现中就更加自由，也更具有审美价值。与此同时，也要防止走向另外一个极端，为新奇而新奇，为风格而风格，忽略了整个作品的表现主题和艺术风格的统一。只有挖掘出独特的创作元素，才能够实现形象外表的独特并使其与整个作品统一。（见图10—4 至图 10—9）

　　人类服装的式样由披缠、简单裁剪、复杂裁剪到简洁多样，经过了漫长的发展过程。从文艺复兴时期以来，服装几经周折逐渐向现代发展。随着世界各国文化交流的不断增加，各地方民族服装的差异也在缩小。尽管如此，服装以其自身的魅力对人类所作出的贡献却从来没有改变，反而越来越引起人类对它的喜爱和关注。在任何视觉艺术作品中，只要有服装出现，就可以通过它的式样表现不同时代、地域及民族特点。

人类在几千年中创造了无数种服装式样。每一款式样都给观众以独特的视觉感受和联想。造型设计者可以充分利用这些式样元素，根据需要去组合、变化、创新。独特的服装组合，有时会令人产生丰富的联想，并制造出强烈的喜剧效果。（见图10—10至图10—12）

在一些美术片中，有时会遇到人员众多的场面。在这种情况下，如果造型的外部形状已经发生了变化，那么在服饰设计上不妨选择同一种式样用在众多人物身上，这种式样的视觉冲击力会成倍增加，令人震撼，并对气氛的烘托有独特的作用。如果形象特征一致，服装式样一致，而色彩加以变化，就会产生一种形式感很强的装饰效果，同时有一种节奏变化的美感。色彩在其中起着标记、点缀的作用。

图10—4　《骄傲的将军》中将军的服装设计。

图10—5　《白鸽岛》中部分人物的服饰特征。　　图10—6　《天书奇谭》中旦生的服装设计。

图10—7 《石中剑》中瓦特的服装设计。

图10—8 《大都会》中迪玛的服装设计。

图10—9 《大力士》中海格力斯和蜜儿的服装设计。

图 10—10 《大闹天宫》中人物造型的服饰组合。

图 10—11 《幻想曲》中米老鼠的服饰。

图 10—12 《白雪公主》中小矮人的服饰。

如果形象相同，色彩相同，式样不同，就会在某一种固定的模式中调节气氛，有时会产生滑稽的喜剧效果。（见图10—13至图10—15）

　　服装本身是否应归于艺术类一直存有争议。但服装中具有的艺术成分以及折射出人类智慧的光华是无须怀疑的。作为美术片形象的服装设计，式样的选择绝非只是生活服装，而是包括生活服装在内的一切生活素材。如舞台演出服装，各种流行趋势发布会上的服装款式设计，甚至某些建筑、工艺品的造型，以及生活中所遇到的一切可视形象，都可以启发我们的创作构思。

图10—13　形象相同，色彩不同，服装式样不同。

图10—14　形象相同，色彩相同，服装式样不同。

图10—15　服装式样相同，色彩相同，形象特征不同。

道具在动画片中的功用

所谓道具是指在影视作品中与场景、剧情、人物有关联的一切物件。美术片中的道具是以经过构思的绘画的形式表现出来的，而影视作品中的道具是实际物体。两者虽然存在视觉感官上的差异，但同样都起着说明、抒情和烘托的作用。

道具在影视作品（包括美术片）中可用于陈设、装饰、烘托气氛等，也可以是人物随身携带的东西，或作为细节运用。它是环境造型的主要构成成分。（见图10—16至图10—18）

美术片的创作应给道具注入活力，赋予情感内涵，使原本无生命的物质的道具与剧中的人物性格、心理状态和内心情绪交织在一起，变成有生命力的艺术形象。所谓"物似主人形"，这只是感觉上的一种比喻，而巧妙的道具设计能够起到贯穿剧作结构的作用。这种贯穿道具与作品的情节线紧密相关，为剧情发展和人物动作的展开推波助澜、穿针引线。

在美术片造型形象的创作过程中，为了突出人物的个性特征，在外部形式上我们可以加上一个或几个特定的标记（可以是图案或是饰物）。它不仅能够加深人们对人物本身的记忆，而且能够传达一种生动的印象，让观众感觉这就是那个真实事物的完整形象。虽然如此，但不要牵强附会，破坏整体视觉效果。

图10—16　陈设道具：根据剧情的需要，在场景中设计的各种物品用具。

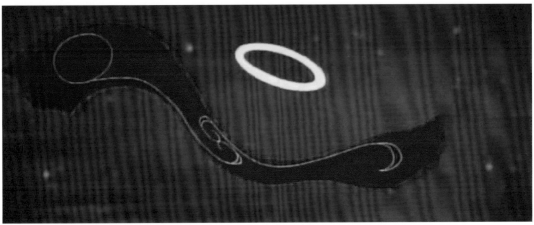

图 10—17　戏用道具：不同于一般的陈设道具，而是与剧情发展、人物动作有着直接关联的道具，也可以称之为随身道具。

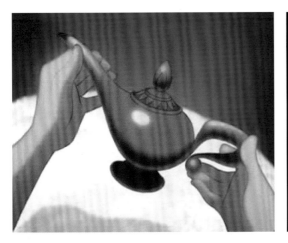

图 10—18　贯穿道具：它与作品的情节主线紧密相关，与剧作结构连在一起，为剧情发展和人物动作的展开推波助澜、穿针引线。

作业练习

1.选择一部动画片作品中的人物造型，以新的视角尝试改变其表现样式，力求以一种新的艺术风格去重新阐释一个旧的传统主题。

2.对某一造型形象进行系列化的服装设计，改变其外部视觉形象。

3.设计一个以上的室内场景，通过该场景确定主人的身份以及性格特征。

4.在已有的某一场景中，设计绘画出符合该环境的人物形象。

第 11 章
造型比例组合与风格的统一

美术片总体造型观念是现代造型表现的一个重要特征。本章的学习目的是：培养在造型创作中的导演意识，驾驭整部作品的主体意识和宏观把握整体艺术表现风格的能力。在实际操作中明确一个造型设计师应当担负的责任，以及应该具备的知识素养。

美术片总体造型观念是现代造型表现的一个重要特征。这就要求美术造型师具备导演意识，要有驾驭整个作品的主体意识和宏观把握整体艺术表现风格的能力。

美术片中的人物、故事、情节、结构、声音、色彩等均与主题有着密切的关系。美术片中出现的任何一个事物，只要与故事情景有关，就应该是造型设计环节中需要考虑的因素。

画面比例的空间与景别

一个造型和一组造型在画面中所形成的视觉空间是相同的，又是不同的。在画面中能够造成多大的空间效果或取得什么样的空间效果，主要取决于造型的外部形状，选取景别的大小，造型与环境色彩的运用，运动的透视方向，画面的视觉角度等因素。空间并不仅仅是在一个造型式样中创造出来的，任何一个视觉形状所产生的影响都会超出它自身所在的范围。从某种程度上讲，还会在它周围产生出一定的空间模式，这恰恰是应该引起艺术家们高度重视的问题。

在大多数美术片作品中，随着情节的展开，我们看到的都是两个以上的或群体组合或对比系列的造型形象。即使是单一的角色和艺术性很强的作品，通过影视艺术的画面表现，也会呈现不同的视觉空间。

同处在二维平面中的多个造型形象之间，也会产生对比空间。形象之间的比例关系对画面的构图、景别画幅的选择使用以及造成的空间效果等，都会产生不同程度的影响。调整好系列造型之间的比例关系，会给作品的叙述结构和表现形式创造很大的自由度。反之就会受到一定程度的制约。因此，我们有必要了解影视画面二维空间的比例关系，以及表现主体在画面中呈现范围的不同景别。

标准电影画面的高宽比为 1:1.375，普通宽银幕画面比为 1:2.35，遮幅画面比（通常讲的假宽）分别为 1:1.66 和 1:1.85 等。标准电视画面的高宽比为 3:4，高清电视的高宽比为 9:16。在通常情况下，一部影视作品的画幅是不会变的。除非根据剧情内容以及特殊艺术表现风格的需要，才会交替使用两种画幅比例，甚至不规则地变化画幅比例。（见图 11—1、图 11—2）

所谓景别，就美术片而言指的不是被摄主体，而是表现主体在画面中呈现的范围。故事片影视作品的角度、视距、移动等，是通过摄影机、摄像机的拍摄记录完成的。而动画片是通过假定的表现方式，通过绘画模拟完成的。景别一般分为远景、全景、中景和特写。在美术片画面分镜头剧本中也经常出现中近景、中全景、大特写、纵深景等。在现代的许多美术片中，有些场面调度极为复杂多变。尤其是电脑软件技术的介入支持，使得镜头画面的表现过程已不止包含单一景别，有时我们甚至很难判断其究竟归属何种景别。（见图 11—3）

在美术片画面分镜头剧本中，确定一个画面的景别，是导演和美术设计人员的创作活动，而造型艺术家负责提供作为作品表现主体的关键人物。在所有需要塑造的形象

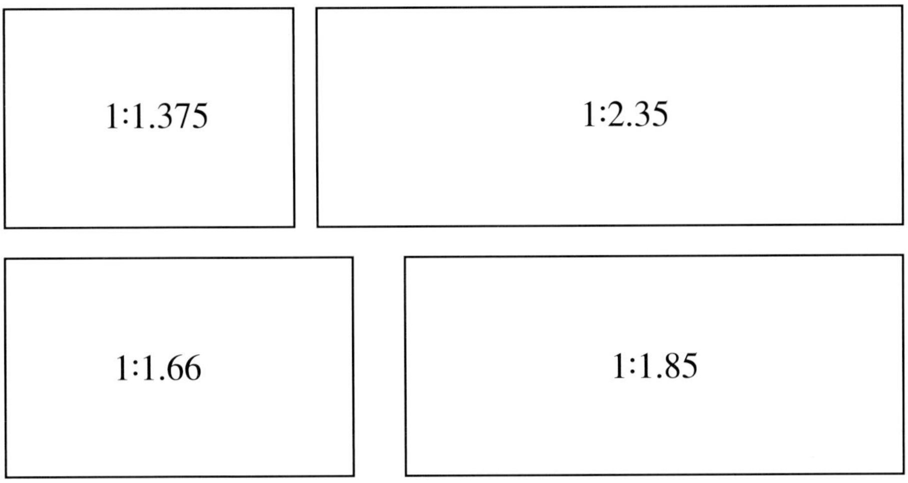

1:1.375
1:2.35
1:1.66
1:1.85

图 11—1 电影画面的画幅比例。

标准电视
3:4
高清电视
9:16

图 11—2 电视画面的画幅比例。

特写
近景
中景
全景

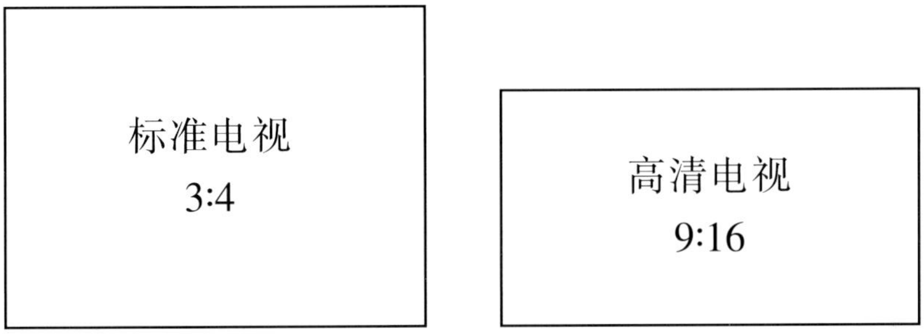

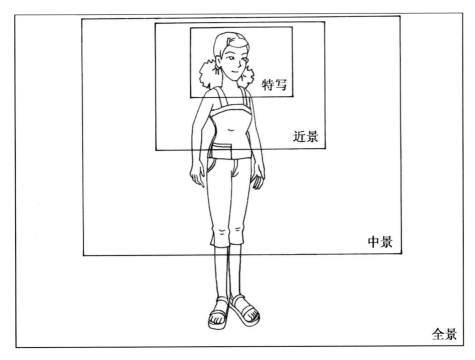

图 11—3 不同景别的画幅构图。

中，作品的主角是第一位的。除其自身的属性特征已形成的视知觉印象，我们还要根据剧情给它确定一个更为合适的空间比例。首先选择三个不同的景别——远景、中景、特写加以确定。

一般情况下，在远景中形象的五官特征要清晰，外部形状明显突出。中景中的形象饱满丰富，不单调，在画面的构成上容易形成多角度的变化。特写画面中，形象局部的线条富有动感，不生硬平板。（见图11—4至图11—6）

当我们确定第一角色之后，可以选择在故事情节中与之接触最多、外部形状比例悬殊最大的角色，以平视的角度将其分别置于全景、中景和近景三个不同景别的画幅中（只将其中一方作为表现主体）。除了用上述方法对造型的线条结构做适度的调整，另外一点就是确定两者之间的比例关系。

如果以相对矮小的一方作为表现主体，那么高大的一方在以上三个景别的画幅

图11—4 远景
中的人物。

图11—5 中景
中的人物。

图 11—6 特写
中的人物。

中，都会有不同程度的丢失。如果以高大的一方为表现主体，在全景中，矮的一方
有时局部会显得过于繁琐，在中、近景画幅中会部分或全部丢失。这时我们需要在
简化矮的一方结构线条的同时，调整两者之间的比例。调整不是简单的等齐，也不
是在不同景别的画幅中，使同时出现的形象都完整无缺。形象的部分缺失，有时可
以通过画面运动技巧和画面透视给予视觉上的补偿，但也不是全部的。为了使景别
画幅有更多的变化，有的造型需要设计两款或三款不同结构线条的表现形象。简化
的形象用于大全景、远景、纵深景；适度的形象用于全景、中景、中近景、近景；
饱满丰富的形象用于特写、大特写。对于比例，我们永远找不到一个所谓的标准，
因为美术片中的形象运动和表现方法是非常自由和多样的，根据表现内容的需要，
选择比较理想的方案即可。（见图 11—7 至图 11—12）

图 11—7 全景
中，以高个子
为表现主体的
画面构图。

图 11—8 中景中，以高个子为表现主体的画面构图。

图 11—9 近景中，以高个子为表现主体的画面构图。

图 11—10 全景中，以矮个子为表现主体的画面构图。

图 11—11 中景中，以矮个子为表现主体的画面构图。

图 11—12 近景中，以矮个子为表现主体的画面构图。

　　通常情况下，片中高矮悬殊最大的比例一般在 4:1 左右，这在一个标准全景中是较为合适的画面构成比例。这一比例可保证画幅中二者的双手做圆弧状运动时，互不干扰和遮挡对方，留有一定的活动空间，同时两者又能保持适当的视觉空间。如果在二者并排站立的全景中，从高个子的头部特写下移至矮个子的头部特写（反之也是如此），在不出现影像拖尾或停顿的情况下，瞬间仍能保留视觉残留影像的完整性，那么这个比例就是适中的。（见图 11—13、图 11—14）

　　又比如，在标准的全景中，高的一方蹲下，在较小的俯视视角内对视矮的一方面部，同样也可以确定两者之间的比例。要说明的是，这不是标准，只是经验，但它是有效的。无论我们采用什么样的方法，确定怎样的比例关系，前提都是作品内容的需要。（见图 11—15）

　　两个视觉反差最大的角色比例确定之后，就可以此作为参照，分别确定其他角

图 11—13 高个子与矮个子同处于全景的画面构图中。

图 11—14 全景中，圈出特写画面，由高至矮地移动距离。

图 11—15 全景中，蹲下的一方与站立的一方的对视效果。

色的高、矮、胖、瘦。比例单元通常以小个子的头部或整个身高为准，目的是取得相对简单完整的比例标准，便于各个环节的操作。具体每个角色的确定，一般以头部作为一个标准单元，标出造型形象的身高，同时给予不同角度的展示。（见图11—16至图11—18）

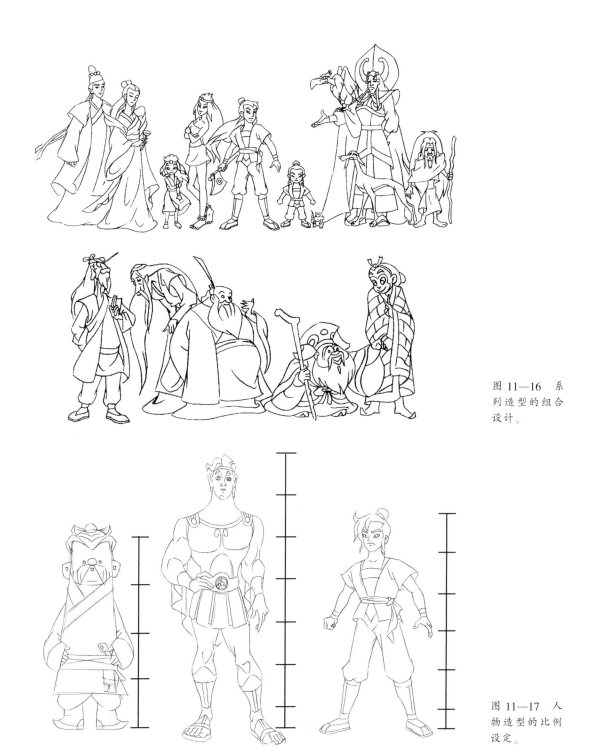

图 11—16 系列造型的组合设计。

图 11—17 人物造型的比例设定。

图 11—18　造型形象的不同角度。

系列造型的风格统一

　　影片造型的整体设计，不只是为了追求表面形式上的一种视觉变化，更是为了塑造每一个造型形象的外部特征和鲜明的个性特征。同时每一个形象在作品中的表现都应有助于其作品的统一和完整。一个成功的、个性特征鲜明的、高度原创的造型形象，其艺术价值的体现不只是娴熟的绘画技巧，而更多的是艺术家本人的综合素养，这才是我们必须具备的条件。（见图 11—19）

　　设计创作中的艺术问题不是简单意义上的装饰与美化。要想获得好的造型创意，首先要培养自身领悟美的能力，以及能够真正传达设计创意的艺术表现力。技术体现设计过程中使用的不同技巧、方法、手段，艺术设计则凸显人性精神。技术与艺术两者之间有着很大的差别，二者的高度统一不是数学概念上的对等关系，而应该是相辅相成、相得益彰。

　　我们在前面已经提到过，导演是一部美术片的艺术结构、主题思想的阐释者，而美术片中的造型也应当是导演总体设想的体现，是其构思设计的一部分。一部成功的美术片影视作品，无论它的绘画视觉样式是写实的、装饰的、写意的、漫画的、还是抽象的；也无论它的表演风格是生活化的、自我展现的、程式化的、夸张化的、还是脸谱化的，它都必须是为了一部作品主题而进行的创作活动。确定什么样的造型风格，必须对题材进行深入细致的研究。形式与内容要相吻合，要强调作品的统一性和完整性。只从个人兴趣出发，而不考虑题材内容，即使表现样式很有特色，也会显得不协调，达不到理想的艺术效果。

　　随着时代的进步与发展，社会和文化形态迅速变动，各类艺术领域都在发生变化。艺术不再是以一些传统静止的概念为基础，而是在不断地演变和扩展。在不同的历史时期，大众的审美取向始终在调整改变，艺术也表现出不同的侧重点，且不断地延伸其界限。如今，在科技高速发展的时代，美术片这门独特的视觉艺术有了更大的创作空间和表现空间。毫无疑问，它会以更加广泛的题材内容、更加丰富多

图 11—19　系列造型外部形状的节奏变化及空间效果。

彩的艺术表现样式呈现给广大观众。

作业练习

1.根据文字剧本，创作并绘制出完整的系列造型。

2.设定造型自身的比例关系以及系列造型的排列组合。

3.在不同景别中绘制人物对应的比例关系。

4.对系列造型进行色彩设计。

图书在版编目（CIP）数据

动画造型与设计艺术/秦明亮编著. 2版. —北京：中国人民大学出版社，2011
（21世纪经典动漫系列教材）
ISBN 978-7-300-13528-1

Ⅰ.①动… Ⅱ.①秦… Ⅲ.①动画－造型设计－教材 Ⅳ.①J218.7

中国版本图书馆 CIP 数据核字（2011）第 049152 号

21世纪经典动漫系列教材
丛书主编　赵前

动画造型与设计艺术
（第二版）

秦明亮　编著
Donghua Zaoxing yu Sheji Yishu

出版发行	中国人民大学出版社				
社　　址	北京中关村大街 31 号		**邮政编码**	100080	
电　　话	010 - 62511242（总编室）		010 - 62511398（质管部）		
	010 - 82501766（邮购部）		010 - 62514148（门市部）		
	010 - 62515195（发行公司）		010 - 62515275（盗版举报）		
网　　址	http://www.crup.com.cn				
	http://www.ttrnet.com（人大教研网）				
经　　销	新华书店				
印　　刷	北京市易丰印刷有限责任公司		**版　次**	2005 年 11 月第 1 版	
规　　格	185mm×260mm　16 开本			2011 年 5 月第 2 版	
印　　张	9		**印　次**	2011 年 5 月第 1 次印刷	
字　　数	86 000		**定　价**	42.00 元	

版权所有　侵权必究　印装差错　负责调换